D0819108

LES LOYAUTÉS

Delphine de Vigan est notamment l'auteure de *No et moi* (Prix des libraires), de *Rien ne s'oppose à la nuit* (Prix du roman Fnac, Prix du roman France Télévisions, prix Renaudot des lycéens et Grand Prix des lectrices de *Elle*) et *D'après une histoire vraie* (prix Renaudot, prix Goncourt des lycéens). Ses romans sont traduits dans plus d'une vingtaine de langues.

DELPHINE DE VIGAN

Les Loyautés

ROMAN

JC LATTÈS

© Éditions Jean-Claude Lattès, 2018.
ISBN : 978-2-253-90687-2 – 1re publication LGF

Les loyautés.

Ce sont des liens invisibles qui nous attachent aux autres – aux morts comme aux vivants –, ce sont des promesses que nous avons murmurées et dont nous ignorons l'écho, des fidélités silencieuses, ce sont des contrats passés le plus souvent avec nous-mêmes, des mots d'ordre admis sans les avoir entendus, des dettes que nous abritons dans les replis de nos mémoires.

Ce sont les lois de l'enfance qui sommeillent à l'intérieur de nos corps, les valeurs au nom desquelles nous nous tenons droits, les fondements qui nous permettent de résister, les principes illisibles qui nous rongent et nous enferment. Nos ailes et nos carcans.

Ce sont les tremplins sur lesquels nos forces se déploient et les tranchées dans lesquelles nous enterrons nos rêves.

Hélène

J'ai pensé que le gamin était maltraité, j'y ai pensé très vite, peut-être pas les premiers jours mais pas longtemps après la rentrée, c'était quelque chose dans sa façon de se tenir, de se soustraire au regard, je connais ça, je connais ça par cœur, une manière de se fondre dans le décor, de se laisser traverser par la lumière. Sauf qu'avec moi, ça ne marche pas. Les coups je les ai reçus quand j'étais gosse et les marques je les ai cachées jusqu'au bout, alors à moi, on ne me la fait pas. Je dis le gamin parce que franchement il faut les voir, les garçons, à cet âge-là, avec leurs cheveux fins comme ceux des filles, leur voix de petit poucet, et cette incertitude qui colle à leurs mouvements, il faut les voir s'étonner grands yeux écarquillés, ou se faire engueuler mains nouées derrière le dos, la lèvre tremblotante, on leur donnerait le bon Dieu sans confession. Pourtant, il n'y a aucun doute, c'est à cet âge-là que ça commence, les vraies conneries.

Quelques semaines après la rentrée, j'ai demandé un entretien avec le Principal au sujet de Théo

Lubin. Il a fallu que j'explique plusieurs fois. Non, pas de traces ni de confidences, c'était quelque chose dans l'attitude de l'élève, une sorte de claustration, une manière particulière de fuir l'attention. Monsieur Nemours a commencé par rire : fuir l'attention, mais n'était-ce pas le cas de la moitié de la classe ? Oui, bien sûr que je savais de quoi il parlait : cette habitude qu'ils ont de se tasser sur leur chaise pour ne pas être interrogés, de plonger dans leur sac ou de s'absorber soudain dans la contemplation de leur table comme si la survie de tout l'arrondissement en dépendait. Ceux-là, je les repère sans même relever les yeux. Mais cela n'avait rien à voir avec ça. J'ai demandé ce qu'on savait de l'élève, de sa famille. On devait bien pouvoir trouver quelques éléments dans le dossier, des remarques, un signalement antérieur. Le Principal a repris avec attention les commentaires rédigés sur les bulletins, plusieurs professeurs ont en effet observé son mutisme l'année dernière, mais rien de plus. Il me les a lus à voix haute, « élève très introverti », « il faut participer en classe », « bons résultats mais élève trop silencieux », et j'en passe. Les parents sont séparés, le gamin en garde alternée, rien que de très banal. Le Principal m'a demandé si Théo était lié avec d'autres garçons de la classe, je ne pouvais pas dire le contraire, ils sont toujours fourrés ensemble, tous les deux, ils se sont bien trouvés, même figure d'ange, même couleur de cheveux, même carnation claire, on croirait des jumeaux. Je les observe par la fenêtre quand ils sont dans la cour, ils forment un seul corps, farouche, une sorte de méduse qui se rétracte d'un coup lorsqu'on l'approche, puis s'étire de nouveau une fois le danger passé. Les rares moments où je vois Théo sourire, c'est quand il est avec Mathis Guillaume et qu'aucun adulte ne franchit leur périmètre de sécurité.

La seule chose qui a retenu l'attention du Principal, c'est un rapport établi par l'infirmière à la fin de l'année passée. Le rapport n'était pas dans le dossier administratif, c'est Frédéric qui m'a suggéré d'aller voir à l'infirmerie, au cas où. Fin mai, Théo a demandé à sortir de classe. Il disait avoir mal à la tête. L'infirmière mentionne une attitude fuyante et des symptômes confus. Elle a noté qu'il avait les yeux rouges. Théo a expliqué qu'il mettait beaucoup de temps à trouver le sommeil et que, parfois, il pouvait passer presque une nuit entière sans dormir. En bas de la feuille, elle a inscrit en rouge « élève fragile », et souligné la remarque de trois traits. Ensuite elle a sans doute refermé le dossier et l'a remis dans le placard. Je n'ai pas pu l'interroger car elle a quitté l'établissement.

Sans ce document, je n'aurais jamais obtenu que Théo soit convoqué par la nouvelle infirmière.

J'en ai parlé à Frédéric, il m'a semblé inquiet. Il m'a dit que je ne devais pas prendre cette histoire trop à cœur. Il me trouve fatiguée, depuis quelque temps, *à cran*, c'est le mot qu'il a employé, et j'ai aussitôt pensé au couteau que mon père gardait dans le tiroir de la cuisine, accessible au premier venu, un cran d'arrêt dont il faisait jouer la sécurité, d'un geste mécanique, répétitif, pour calmer sa nervosité.

Théo

C'est une vague de chaleur qu'il ne sait pas décrire, qui brûle et embrase, à la fois une douleur et un réconfort, c'est un moment qui se compte sur les doigts d'une main et doit porter un nom qu'il ne connaît pas, un nom chimique, physiologique, qui dirait sa force et son intensité, un nom qui rime avec combustion ou explosion ou déflagration. Il a douze ans et demi et s'il répondait franchement à ces questions que les adultes lui posent, « quel métier voudrais-tu exercer ? », « quelles sont tes passions ? », « que voudrais-tu faire dans la vie ? », s'il ne craignait pas que les derniers points d'appui qui semblent subsister autour de lui ne s'effondrent sur-le-champ, il répondrait sans hésiter : j'aime sentir l'alcool dans mon corps. D'abord dans la bouche, cet instant où la gorge accueille le liquide, et puis ces quelques dixièmes de seconde où la chaleur descend dans son ventre, il pourrait en suivre la trace avec le doigt. Il aime cette vague moite qui caresse sa nuque et se diffuse dans ses membres comme une anesthésie.

Il boit au goulot et tousse à plusieurs reprises. Assis en face de lui, Mathis l'observe et rit. Théo pense au dragon dans le livre d'images que sa mère lui lisait quand il était petit, corps gigantesque, yeux fendus au canif, gueule ouverte laissant apparaître des crocs plus pointus que ceux des chiens méchants. Il aimerait être cette bête immense aux doigts palmés, capable de tout brûler. Il respire profondément, porte de nouveau le goulot à ses lèvres. Quand il laisse l'alcool l'étourdir, quand il cherche à en visualiser le chemin, il convoque mentalement l'un de ces schémas que madame Destrée leur distribue en classe, dont ils doivent nommer chaque partie, *Montre le trajet de la pomme et indique les organes impliqués dans la digestion*. Il sourit à cette image, s'amuse à la détourner. *Montre le chemin de la vodka ; colorie sa trajectoire ; calcule le temps nécessaire aux trois premières gorgées pour parvenir dans ton sang...* Il rit tout seul et Mathis rit de le voir rire.

Après quelques minutes, quelque chose explose dans son cerveau, c'est une porte qui s'ouvre d'un coup de pied, un puissant appel d'air et de poussière, et lui vient maintenant l'image d'un saloon du Far West dont les battants cèdent dans un cri. L'espace d'un instant il est ce cow-boy en santiags qui s'avance vers le bar dans l'obscurité, et ses éperons raclent le sol avec un bruit mat. Lorsqu'il s'accoude au zinc pour commander un whisky, il lui semble que tout a été aboli, la peur et les souvenirs. Les serres de chat-huant qui compressent en permanence sa poitrine ont enfin relâché leur emprise. Il ferme les yeux, tout a été lavé, oui, et tout peut commencer.

Mathis lui prend la bouteille des mains pour la porter à ses lèvres. C'est chacun son tour. La vodka déborde, un filet transparent coule sur son menton. Théo proteste : s'il recrache, ça ne compte pas. Alors Mathis avale d'un coup, les larmes lui montent aux yeux, il tousse, met la main devant sa bouche, l'espace d'un instant Théo se demande s'il ne va pas vomir, mais après quelques secondes Mathis ne peut s'empêcher de rire encore plus fort. D'un geste rapide, Théo pose sa main en bâillon pour le faire taire. Mathis s'arrête.

Ils retiennent leur souffle, immobiles, guettent les bruits autour d'eux. Au loin, on entend la voix d'un professeur qu'ils ne parviennent pas à identifier, un monologue atone dont aucun mot ne se détache.

Ils sont dans leur planque, leur refuge. Ici, c'est leur territoire. Sous l'escalier qui mène à la cantine, ils ont découvert cet espace vacant, un mètre carré où ils peuvent presque tenir debout. Une large armoire a été installée pour barrer le passage, mais avec un peu d'agilité, ils peuvent se glisser dessous. Tout est affaire de moment. Il faut se cacher dans les toilettes jusqu'à ce que toutes les classes soient rentrées. Attendre encore quelques minutes, et laisser s'éloigner le surveillant qui vérifie à chaque heure que les élèves ne traînent pas dans les couloirs.

Chaque fois qu'ils parviennent à se faufiler derrière l'armoire, ils constatent que c'est une question de centimètres. Dans quelques mois, ils ne pourront plus.

Mathis lui tend la bouteille.

Après une dernière gorgée, Théo passe sa langue sur ses lèvres, il aime ce goût de sel et de métal qui reste longtemps dans la bouche, parfois plusieurs heures.

L'écart entre l'index et le pouce permet de savoir la quantité qu'ils ont bue. Ils s'y reprennent à plusieurs fois, ne parviennent ni l'un ni l'autre à tenir la mesure sans bouger, ils pouffent de rire.

Ils ont bu beaucoup plus que la dernière fois.

Et la prochaine, ils boiront davantage.

C'est leur pacte, et leur secret.

Mathis reprend la bouteille, l'enveloppe dans le papier, puis la glisse dans son sac à dos.

Ils prennent chacun deux dragées de chewing-gum Airwaves goût menthol réglisse. Ils mâchent avec application pour libérer l'arôme, font tourner la gomme dans leur bouche, c'est la seule qui masque l'odeur. Ils attendent le bon moment pour sortir.

Une fois qu'ils sont debout, la sensation n'est plus la même. La tête de Théo balance d'avant en arrière, mais cela ne se voit pas.

Il marche sur un tapis liquide aux motifs géométriques, sur la pointe des pieds, il se sent en dehors de lui-même, juste à côté, comme s'il avait quitté son corps mais qu'il continuait de lui tenir la main.

Les bruits du collège lui parviennent à peine, assourdis par une matière hydrophile, invisible, qui le protège.

Un jour, il aimerait perdre conscience, totalement. S'enfoncer dans le tissu épais de l'ivresse, se laisser recouvrir, ensevelir, pour quelques heures ou pour toujours, il sait que cela arrive.

Hélène

Je l'observe malgré moi. Je sens bien que mon attention, sans cesse, revient à lui. Je m'oblige à regarder les autres, un par un, lorsque je parle et qu'ils écoutent, ou quand ils sont penchés sur leur contrôle de connaissances, le lundi matin. Lundi, justement, je l'ai vu entrer dans la classe, la mine encore plus pâle que d'habitude. Il avait l'air d'un gosse qui n'a pas fermé l'œil du week-end. Ses gestes étaient les mêmes que ceux des autres – enlever son blouson, tirer la chaise, poser le sac Eastpak sur la table, faire glisser la fermeture éclair, sortir le cahier de cours –, je ne peux même pas dire qu'il m'a semblé plus lent que d'habitude, ni plus fébrile, et pourtant j'ai vu qu'il était à bout de forces. Au début du cours, j'ai cru qu'il allait s'endormir, parce que ça lui est déjà arrivé une fois ou deux depuis le début de l'année.

Plus tard, alors que je parlais de Théo en salle des professeurs, Frédéric m'a fait remarquer, sans aucune ironie, qu'il n'était pas le seul dans son cas. Vu le temps qu'ils perdent sur leurs écrans, si on devait s'inquiéter de tous les élèves qui ont l'air fatigué, on passerait notre vie à faire des signalements. Alors les cernes, ce n'était la preuve de rien.

C'est irrationnel, je le sais.

Je n'ai rien. Rien du tout. Aucun fait, aucune preuve.

Frédéric essaie de tempérer mes inquiétudes. Et mon impatience. L'infirmière a dit qu'elle le convoquerait. Elle le fera.

L'autre soir, j'ai tenté d'expliquer cette sensation de compte à rebours qui m'oppresse depuis quelques jours, comme si un minuteur avait été remonté à notre insu et qu'un temps précieux s'écoulait sans que nous puissions l'entendre, nous conduisant en cortège silencieux vers quelque chose d'absurde dont nous sommes incapables d'imaginer l'impact.

Frédéric m'a répété que j'avais l'air fatigué.

Il m'a dit : c'est toi qui devrais te reposer.

Ce matin j'ai repris le cours sur les fonctions digestives. Théo, soudain, s'est redressé, il écoutait avec une attention plus soutenue qu'à l'accoutumée. J'ai dessiné au tableau le schéma sur l'absorption des liquides, il l'a recopié sur son cahier avec une patience inhabituelle.

À la fin du cours, au moment où il passait devant moi pour sortir de la classe, je n'ai pas pu m'empêcher de le retenir. Je ne sais pas ce qui m'a pris, j'ai posé ma main sur son épaule pour obtenir son attention et j'ai dit : Théo, tu resteras un instant, s'il te plaît. Aussitôt, un murmure indigné a parcouru le groupe : de quel droit retenais-je un élève sans motif explicite, alors qu'aucun incident dans l'heure qui avait précédé ne justifiait ma demande ? J'ai attendu que tout le monde soit sorti. Théo gardait la tête baissée. Je ne savais pas quoi dire, mais je ne pouvais plus faire marche arrière, il fallait que je trouve un prétexte, une question, n'importe quoi. Qu'est-ce qui m'avait pris ? Lorsque la porte s'est enfin refermée sur le dernier élève (Mathis Guillaume, bien sûr), je n'avais rien trouvé. Le silence a duré quelques secondes, Théo fixait ses Nike. Et puis il a relevé la tête, je crois que c'était la première fois qu'il me regardait vraiment, sans ligne de fuite. Il m'a dévisagée, sans dire un mot, je n'avais jamais vu de la part d'un garçon de cet âge un regard d'une telle intensité. Il n'avait pas l'air étonné, ni impatient. Il m'observait sans interrogation, comme s'il était tout à fait normal qu'on en arrive là, comme si tout cela était écrit d'avance, une évidence. Et tout aussi évidente l'impasse dans laquelle nous nous trouvions, cette impossibilité de faire un pas de plus, de tenter quoi que ce soit. Il me regardait comme s'il avait compris l'impulsion qui m'avait poussée à le retarder, et comme s'il comprenait tout aussi bien que je ne puisse aller plus loin. Il savait exactement ce que je ressentais.

Il savait que je savais, et que je ne pouvais rien pour lui.

Voilà ce que j'ai pensé. Et cela m'a serré la gorge, d'un seul coup.

J'ignore combien de temps cela a duré, dans ma tête les mots se bousculaient – parents, maison, fatigue, tristesse, tout va bien ? –, mais aucun n'aboutissait à la formulation d'une question que j'aurais pu m'autoriser à lui poser.

J'ai fini par sourire, je crois, et, d'une voix qui n'était pas la mienne, une voix incertaine que je ne me connaissais pas, je me suis entendue lui demander :

— Tu es chez ton père ou chez ta mère cette semaine ?

Il a hésité avant de me répondre.

— Chez mon père. Enfin, jusqu'à ce soir.

Il a pris son sac pour le jeter sur son épaule, donnant ainsi le signal du départ que j'aurais dû moi-même lui accorder depuis longtemps. Il s'est dirigé vers la porte.

Juste avant de sortir de la classe, il s'est retourné vers moi et m'a dit :

— Mais si vous voulez parler à mes parents, c'est ma mère qui viendra.

Théo

Après les cours, il a traîné dix minutes devant le collège, et puis il est repassé chez son père pour prendre ses affaires. Les rideaux n'avaient pas été ouverts, il s'est contenté d'allumer la lumière de la cuisine pour aller jusqu'à sa chambre. Lorsqu'il a traversé le salon, il a entendu un bruit étrange, grésillement étouffé, intermittent, un insecte était enfermé quelque part. Dans le noir, il a cherché d'où provenait le bruit, avant de comprendre que la radio était restée allumée depuis le matin, le son avait été baissé de telle sorte que les paroles n'étaient plus intelligibles.

Chaque vendredi, c'est le même rituel : rassembler tout, les vêtements, les baskets, la totalité des livres, des classeurs et des cahiers de classe, la raquette pour l'activité ping-pong, le double décimètre, le papier-calque, les feutres, le carton à dessin. Surtout ne rien oublier. Chaque vendredi, chargé comme un mulet, il migre d'un endroit à l'autre.

Dans le wagon, les gens le regardent, ils craignent sans doute qu'il tombe ou s'affaisse, petit corps chancelant sous la multiplication des sacs. Il ploie, mais ne faiblit pas. Refuse de s'asseoir.

Dans l'ascenseur, avant d'aborder l'autre rive, il pose son chargement, s'accorde enfin le temps de souffler.

Voilà ce qu'il doit effectuer, chaque vendredi, à peu près à la même heure : ce déplacement d'un monde à l'autre, sans passerelle ni passeur. Deux ensembles pleins, sans aucune zone d'intersection.

À huit stations de métro : une autre culture, d'autres mœurs, une autre langue. Il n'a que quelques minutes pour s'acclimater.

Il est 18 h 30 quand il ouvre la porte et sa mère est déjà là.

Elle est assise dans la cuisine, elle découpe en lamelles des légumes dont la forme l'intrigue, il aimerait demander comment cela s'appelle mais ce n'est pas le moment.

Elle le regarde, elle le toise, scanner silencieux, œil radar, c'est plus fort qu'elle. Elle le renifle. Une semaine sans le voir, pas d'étreinte, c'est l'empreinte de l'autre qu'elle cherche autant qu'elle la redoute, la trace de l'ennemi.

Elle ne supporte pas ça, qu'il vienne d'en face. Théo l'a compris très vite, à cet air de défiance qu'elle arbore quand il rentre de chez son père, et ce mouvement de rejet qu'elle peine à dissimuler.

D'ailleurs, le plus souvent, avant même de lui dire bonjour, elle dit « va te doucher ».

Des jours passés chez son père, il ne sera pas question. C'est une faille spatiotemporelle d'une totale opacité, dont l'existence même sera niée. Elle ne demandera rien, il le sait. Elle ne demandera pas s'il a passé une bonne semaine, ni s'il va bien. Elle ne demandera pas s'il a bien mangé, ou bien dormi, ce qu'il a fait, qui il a vu. Elle reprendra le cours des choses là où ils les ont laissées une semaine plus tôt, exactement comme si rien ne s'était passé, comme si rien ne pouvait avoir eu lieu. Une semaine de sa vie rayée du calendrier. S'il n'y avait son agenda Quo Vadis – et chaque jour passé dont il découpe avec précaution le coin de page perforé –, il pourrait douter lui-même de l'avoir vécue.

Il mettra au sale les vêtements qu'il porte sur lui, tous sans exception, séparément, enfermés dans un sac plastique parce qu'elle refuse qu'ils soient au contact des autres. Sous la douche, l'eau tiède effacera l'odeur qu'elle ne supporte pas.

Dans les heures qui suivront son retour, elle l'observera avec cet air mauvais dont elle n'a même pas conscience mais qu'il connaît par cœur, cet air d'inquisition. Car elle traque sans relâche, chez son fils qui n'a pas encore treize ans, le geste, l'intonation, la posture de l'homme qu'elle ne nomme plus. Tout mimétisme réel ou supposé la met hors d'elle et fait l'objet d'une riposte immédiate, une maladie qu'il faut éradiquer sans plus attendre. Regarde comment tu te tiens, ne pose pas tes mains comme ça, assieds-toi au fond du siège, ne te dandine pas, redresse-toi, on dirait l'autre.

Va dans ta chambre.

Quand elle parle de son père, quand elle est obligée par la force des choses de faire allusion à l'homme qui fut son mari et chez lequel il vient de passer une semaine entière, quand elle ne peut en faire l'économie, elle ne prononce jamais son prénom.

Elle dit « l'autre », « l'enfoiré », « le minable ».

« Ce connard » ou « ce sale con », quand elle discute avec ses copines au téléphone.

Théo encaisse, corps malingre criblé de mots, mais elle ne le voit pas. Les mots l'abîment, c'est un ultrason insupportable, un effet Larsen que lui seul semble entendre, une fréquence inaudible qui déchire son cerveau.

Dans la nuit qui suit son retour, il est réveillé par un son aigu et lointain. Une note haute, un sifflement parasite qui vient de l'intérieur de lui. S'il pose ses mains à plat sur ses oreilles, le bruit d'abord s'amplifie, puis s'apaise. Cela s'appelle un acouphène. Il l'a lu sur un site Internet consacré à la santé. Le bruit surgit de plus en plus souvent, en pleine nuit. Au début, il croyait que cela venait de l'extérieur. Il se levait. Il s'approchait de la cuisine, des appareils ménagers, des tuyaux de la salle de bains, il ouvrait la porte du palier. Et puis il a compris.

Le bruit est dans sa tête. Quand le bruit finit par s'arrêter, le sommeil ne revient pas.

Il n'a qu'un seul souvenir de ses parents ensemble.

Sa mère est assise sur un canapé rigide, recouvert d'un tissu mousseux couleur moutarde (en fait, il n'est pas sûr de se souvenir réellement du canapé, il est possible qu'il ait restitué la précision de cette image à partir d'une photo, madame Destrée leur a expliqué cela au début de l'année à propos de la mémoire, il y a des choses qu'on retient, d'autres qu'on transforme ou qu'on fabrique, d'autres encore qu'on s'approprie). Sa mère est assise, raide, tendue, elle ne s'appuie pas contre le dossier. Son père fait les cent pas devant elle, il ne parle pas, il est comme une bête qui tourne en rond dans sa cage. Théo est assis par terre ou peut-être à côté de sa mère qui ne le touche pas. Il lui faut lever la tête pour les observer. C'est un enfant de quatre ans et quelques mois, spectateur vigilant d'une guerre larvée qui ne va pas tarder à exploser.

Ensuite il y a ces mots que sa mère prononce, des mots qui le heurtent aussitôt, lui coupent le souffle, des mots enregistrés dans son disque dur, des mots d'adultes chargés de quelque chose dont il ne perçoit pas le sens, mais dont il reçoit la puissance. Sa mère regarde par terre, mais c'est à son père qu'elle s'adresse et dit :

— Tu me dégoûtes.

Ils ont oublié sa présence, ou bien ils se disent qu'il est trop petit pour comprendre, pour se souvenir, mais c'est précisément parce que ces mots contiennent quelque chose qui lui échappe, quelque chose de solide et peut-être un peu visqueux, qu'il se les rappellera.

À cet instant, ni elle ni lui ne peuvent imaginer que leur fils de quatre ans et quelques mois ne gardera qu'un seul souvenir d'eux ensemble, et que ce sera celui-là.

Théo sort de la douche, habillé de vêtements propres. Il pense à madame Destrée qui voulait savoir chez lequel de ses parents il passait la semaine. Elle le regardait d'une drôle de manière. Quand il a retrouvé Mathis à la sortie, il lui a dit : elle est folle cette femme. Mais maintenant qu'il y repense, un sentiment de honte échauffe son front et se déploie jusque dans sa gorge. Il regrette ces mots.

Sa mère est toujours dans la cuisine, elle écoute d'une oreille distraite une émission de radio, tout en terminant de préparer le dîner. Il demande s'il peut regarder des vidéos sur YouTube.

Non.

Il n'a qu'à faire ses devoirs. Il a sûrement du travail en retard.

Pendant quelques heures, peut-être jusqu'au lendemain, elle va lui faire payer d'avoir foulé le sol ennemi, d'avoir échappé à ses règles, à son contrôle, de s'être bien amusé.

Parce qu'elle se doute bien qu'il en a largement profité, qu'il n'a rien foutu de la semaine, qu'il s'est abruti d'écrans, bourré de chips et de coca-cola, qu'il a traîné jusqu'à pas d'heure.

Voilà ce qu'elle imagine.

Peu importe ce qu'elle imagine.

De toute façon, il ne démentira pas.

Hélène

L'infirmière a convoqué Théo cette semaine.

Le lendemain de la visite, elle m'a proposé de boire un café pour en discuter. Elle est venue dans la salle des profs, à l'heure du déjeuner. Elle m'a raconté en détail la conversation qu'elle a eue avec lui. Elle me parlait comme si j'étais souffrante, comme si quelqu'un l'avait prévenue qu'il fallait me ménager, s'adresser à moi avec prudence.

Elle a commencé par expliquer à Théo que plusieurs de ses professeurs s'inquiétaient de son état de fatigue. On lui avait dit qu'il s'était endormi une ou deux fois en classe. Qu'il avait du mal à maintenir son attention.

Elle voulait savoir ce qui se passait, comment il se sentait.

Le gamin a demandé si c'était moi qui l'avais dénoncé.

Elle a répondu que personne ne l'avait *dénoncé*, elle a répété que plusieurs professeurs s'inquiétaient de le voir si fatigué et voulaient s'assurer que tout allait bien. Il n'y avait rien d'autre que ça.

Il s'est détendu un peu.

Il a admis qu'il avait beaucoup de mal à dormir ou plutôt qu'il se réveillait la nuit. Il a répété plusieurs fois qu'il ne jouait pas, ni sur tablette ni sur console, ou très peu. Elle a essayé de le questionner sur sa famille mais elle n'a rien appris. Sa mère occupe un poste de cadre dans un laboratoire pharmaceutique et son père est informaticien. La garde alternée a été mise en place à leur séparation, qui remonte à plusieurs années. Elle lui a demandé comment cela se passait avec ses parents, il a répondu sans enthousiasme mais sans hésitation : ça se passait bien.

Elle confie qu'elle l'a trouvé inquiet, un peu sur la défensive. Mais rien de plus que ce que la situation pouvait induire, dans la mesure où il était le seul élève de sa classe à être convoqué. Elle lui a demandé si elle pouvait l'ausculter, au motif que le manque de sommeil engendre parfois des retards de croissance ou de développement, il ne s'y est pas opposé.

Il ne porte aucune marque sur le corps. Peau lisse, vierge, intacte. Pas la moindre égratignure, pas la moindre cicatrice. Son poids et sa taille sont légèrement au-dessous de la courbe habituelle pour son âge, mais rien d'alarmant.

Elle a rédigé un courrier à l'attention de sa mère, qu'elle a confié à Théo.

Elle y a mentionné la somnolence en classe et la nécessité de consulter un généraliste afin de résoudre ce problème d'insomnie.

Elle a dit à Théo qu'il pouvait venir la voir, quand il le voulait, et se reposer un peu pendant les interclasses s'il se sentait fatigué.

Elle a fait son travail, je ne peux pas dire le contraire. Elle a suivi les règles de l'institution. Elle m'a promis qu'elle demeurerait attentive. Elle est repartie dans son pré carré aseptisé, carrelage brillant, espace protégé, à l'abri. Je suis restée dans la salle des profs, je ne parvenais pas à me lever. J'étais assise dos à la porte, devant un paquet de copies et un gobelet en plastique vide au fond duquel refroidissait le café que j'étais incapable d'avaler. Je me suis dit : lève-toi, rentre chez toi. Mes cours étaient terminés et je sentais la vague enfler, reflux d'égout, eaux saumâtres, puantes. La marée noire du souvenir commençait à remonter vers la surface, les bruits d'abord, frigo déglingué, ronronnement asthmatique, jingles de télévision en fond sonore, rires, encouragements, applaudissements, et puis les images : rideaux jaunis par la nicotine, chaises bancales, bibelots ébréchés.

Rien ne semble tout à fait intact dans cette pièce mais dans le poste de télévision la Roue tourne et on s'amuse bien, *première énigme, j'achète un A, je propose un N*, la Roue tourne encore, fortune aléatoire, *je vous souhaite bonne chance*.

Nous aussi, nous avons notre propre jeu, mon père et moi, à la même heure que celui de TF1, ça commence comme ça, sans prévenir, sans raison, alors que je suis en train de dessiner ou de faire mes devoirs, la première question fend l'air et annonce le supplice : toi qui sais tout, Hélène, à quelle date a été inventée la guillotine ?

J'ai huit ans, j'ai onze ans, j'ai treize ans, je suis toujours à la même place, assise à la table de la cuisine, mains posées à plat sur la toile cirée. Mon père est rentré tôt, il rumine des quiz pour sa fille qui travaille bien en classe, la belle affaire. Elle lit des livres, prétend vouloir devenir maîtresse d'école et c'est comme si elle lui crachait au visage, lui qui en a été chassé. Puisqu'elle fait la maline, il va lui en poser des questions pour voir ce qu'elle sait.

Une réponse fausse : une tape sur le haut du crâne.

Deux réponses fausses : une claque.

Trois réponses fausses : il me pousse du tabouret et je tombe par terre.

Quatre réponses fausses : je reste allongée au sol et il me donne un coup de pied.

À quelle date Jeanne d'Arc a-t-elle été canonisée ?

En quelle année Charles Martel a-t-il remporté la bataille de Poitiers ?

Parfois les questions sont les mêmes que celles du jeu de la télévision, parfois non. Les règles changent sans cesse.

Je me concentre, ce n'est pas facile avec le bruit de la Roue, la musique est si forte, *vous relancez, Roselyne, bravo, vous n'avez pas perdu la boule, ha ha ha, vous devez maintenant découvrir une expression, oui, écoutez bien Roselyne*, je suis allongée sur le sol, à terre comme à chaque fois, je n'ai pas le droit de me relever, je ne cherche plus les réponses, j'anticipe le

prochain coup, *c'était « tirer des plans sur la comète »,
Roselyne, dommage.* Je ne pleure jamais.

Les questions n'ont plus aucun sens et il me crible
de coups de pied, je protège ma tête, je me recroque-
ville sur le carrelage et tente d'esquiver, les coups
dans le ventre me coupent le souffle, bottines à bouts
ronds, solides, mon père porte des chaussures de
sécurité même s'il travaille maintenant de l'autre côté
de la vitre, *et vous avez choisi cette bague en saphirs
et diamants, Roselyne, elle vous est offerte avec son
certificat gem-mo-lo-gique in-ter-na-tio-nal pour un
montant de 9 900 francs, vous remportez malgré tout
de très beaux cadeaux.*

J'ai quatorze ans, je gis au sol quand ma mère
rentre, j'ai peut-être perdu connaissance, quelques
secondes ou quelques minutes. Quand je me remets
debout le sang coule entre mes jambes, un serpent
écarlate se faufile le long de mon mollet et cherche
refuge dans mes chaussettes. Ma mère me demande
si j'ai mes règles, je dis non.

Quelques semaines plus tard, je suis en cours de
maths, la douleur me déchire le bas du ventre, j'ai
du mal à respirer et à ne pas gémir, le professeur
remarque que je n'écoute pas. Il m'interroge sur ce
qu'il vient de dire, je suis incapable de répondre.
Les murs tournent plus vite que la Roue de la fortune, le sol m'aspire. J'ignore même le sujet du cours.
Exaspéré, le professeur me demande de sortir. Dans
le couloir, je m'évanouis.

À l'hôpital on découvre l'utérus infecté. Pas joli à voir.

Je dis que je suis tombée du porte-bagages sur un rebord de béton, je ne sais pas encore que je ne pourrai pas avoir d'enfant.

J'ai dix-sept ans, j'ai mon bac et je m'en vais. Mon père vient de mourir d'un cancer, la déchéance a duré deux ans, deux ans de trêve, sans jeu ni coups, seulement quelques baffes quand je passais à portée de main.

À son tour, mon père était à terre. Ma mère s'est occupée de lui jusqu'au bout.

J'ai dix-sept ans, je vais étudier, je vais devenir professeur, je n'oublierai rien.

Cécile

Je parle toute seule. Chez moi, quand il n'y a personne, et dans la rue quand je suis sûre qu'on ne me voit pas. Je me parle à moi-même, c'est vrai, mais il serait plus juste de dire qu'une partie de moi s'adresse à l'autre. Je me dis : « tu vas y arriver », « tu t'en es bien sortie » ou « tu ne peux pas continuer comme ça ». Ce sont des exemples. Il y a quelques semaines, c'est ce que j'ai essayé d'expliquer au docteur Felsenberg, quand je l'ai rencontré, cette histoire des deux parties de moi. La toute première fois. Il trouvait que cela méritait d'être précisé. Bien. En fait, une partie de moi, qui est dynamique et d'une humeur que je qualifierais de positive, s'adresse à l'autre partie. Ma partie faible. Disons, pour simplifier, celle qui pose problème.

Ni mon mari ni les enfants ne savent que je vais chez le docteur Felsenberg, c'est beaucoup mieux comme ça. À l'heure de notre rendez-vous hebdomadaire, je suis officiellement inscrite à un cours de yoga qui n'existe nulle part ailleurs que sur le planning de la cuisine.

Je parle toute seule, oui, pour me rassurer, me consoler, m'encourager. Je me tutoie, parce que malgré tout les deux parties de moi-même se connaissent depuis longtemps. J'ai bien conscience que cela peut paraître ridicule. Ou inquiétant. Mais le fait est que cette partie de moi qui s'adresse à l'autre se montre toujours confiante, et rassurante. Elle voit le meilleur en toute chose, regarde toujours du bon côté, et finit la plupart du temps par avoir le dernier mot. Elle n'est pas du genre à paniquer.

Et le soir, quand je me couche, il n'est pas rare qu'elle me félicite.

Les deux parties de moi ont toujours existé. Des forces en présence, en quelque sorte, mais jusqu'ici elles ne communiquaient pas entre elles, en tout cas pas par l'intermédiaire de ma voix. Cela est beaucoup plus récent.

D'ailleurs, le docteur Felsenberg m'a demandé si un événement, un épisode, avait créé ou réveillé cette voix. Comme je cherchais en silence, il m'a relancée.

Il voulait savoir si cela m'arrivait déjà de parler seule quand j'étais jeune fille, quand j'étudiais, par exemple. Ou au début de mon mariage. Ou quand j'ai cessé de travailler. Je suis certaine que non.

« Ce n'est pas un problème en soi, vous savez, beaucoup de gens parlent tout seuls, m'a dit le docteur Felsenberg. Mais c'en est un pour vous, puisque vous l'évoquez. » Il voulait que j'y pense. Il a décidé que nous allions réfléchir ensemble à la fonction de ces échanges entre moi et moi.

Il m'a fallu quelques séances pour prendre conscience (et admettre) que la voix est apparue peu de temps avant la découverte que j'ai faite sur l'ordinateur de mon mari. Et quelques séances encore pour évoquer de manière explicite cette découverte dans le bureau du docteur Felsenberg.

Ce que j'ai vu ce jour-là, et ce que j'ai vu les jours qui ont suivi, lorsque j'ai commencé à chercher, je ne peux le formuler qu'à demi-mot, par périphrases, je suis incapable de l'écrire noir sur blanc.

Parce que les mots sont immondes, et entachés d'effroi.

Hier soir quand je suis rentrée, j'ai trouvé Mathis et son ami à la maison. Normalement, à cette heure, ils auraient dû être en classe. Mon fils a prétendu que le professeur de musique était absent, j'ai tout de suite vu qu'il mentait.

Ils avaient l'air bizarre. Tous les deux. Mathis n'aime pas que j'entre dans sa chambre, alors je suis restée sur le pas de la porte, à attendre, à essayer de comprendre ce qui clochait. Ils étaient assis à même le sol, tout était rangé, aucun jeu ni livre n'était sorti, je me suis demandé ce qu'ils fabriquaient. Théo regardait par terre. Il fixait un point sur la moquette comme s'il observait une colonie d'insectes microscopiques que lui seul pouvait voir.

J'ai du mal avec ce garçon. À vrai dire, je ne l'aime pas. Je sais que c'est horrible de penser cela, ce n'est qu'un enfant de douze ans, plutôt bien élevé dans l'ensemble, mais il y a quelque chose qui me gêne, voilà. Je me suis bien gardée d'en faire part à Mathis, qui le vénère comme s'il était doté de pouvoirs surnaturels, mais non, je n'accroche pas. Je ne vois vraiment pas ce qu'il lui trouve. Quand il était à l'école primaire, Mathis avait un ami que j'aimais beaucoup. Ils s'entendaient à merveille, ne se disputaient jamais. Mais le petit a déménagé à la fin du CM2.

L'année dernière, quand il est entré en sixième, Mathis a rencontré Théo, et à partir de là plus rien d'autre n'a compté. Il s'est attaché à lui de manière immédiate, exclusive, et le défend bec et ongles dès que j'émets la moindre réserve ou interrogation à son sujet.

J'ai demandé s'ils avaient goûté, mon fils m'a répondu qu'ils n'avaient pas faim. Je les ai laissés.

Néanmoins, je ne peux pas m'empêcher de penser que Théo entraîne Mathis sur une mauvaise pente, qu'il a une mauvaise influence sur lui. Il est plus dur que notre fils, moins sentimental, c'est sans doute la raison pour laquelle Mathis l'admire tant. L'autre jour, après le dîner, j'ai essayé d'en parler à mon mari. Depuis que j'ai compris à quoi William passait réellement ses soirées – en dehors des échanges majoritairement prosaïques qui nous permettent de maintenir une vie commune –, je n'avais pas tenté d'entrer en communication avec lui. À vrai dire, je venais de passer des semaines à observer de loin son petit manège et ses mensonges.

Comme chaque soir, il s'est retiré dans son bureau après le dîner.

J'ai frappé à la porte. J'ai été tentée d'ouvrir sans attendre sa réponse, c'était une occasion inespérée de le surprendre en pleine action. Plusieurs secondes se sont écoulées avant qu'il m'autorise à entrer. L'écran de l'ordinateur était noir, il avait retiré sa veste et étalé quelques papiers devant lui. Je me suis assise sur le fauteuil et j'ai commencé à parler de Mathis, de cet ascendant négatif que je percevais de la part de son ami. J'ai expliqué pour quelles raisons j'avais le sentiment que cette relation perturbait notre fils, donnant au hasard quelques exemples, William semblait m'écouter de manière attentive, sans impatience. Alors que je terminais mon petit exposé, cette phrase m'est venue à l'esprit : *te voilà dans l'antre du diable et face à lui.* C'était ridicule et tout à fait exagéré, s'il m'avait entendue William se serait sans doute, une fois de plus, moqué de mes tournures empruntées, mais à partir de ce moment-là, je n'ai pu me détacher de cette phrase et de sa puissante réverbération. William réclamait des faits précis. Des indices de régression, des courbes en déclin, des éléments quantifiables. Quelles pièces à conviction avais-je à verser au dossier ? Les résultats scolaires de Mathis étaient très corrects, il ne voyait pas où était le problème. Je me faisais des idées. Le fait est que William pense toujours que je me fais des idées. Sur tout. C'est d'ailleurs devenu un moyen assez efficace de couper court en douceur à la conversation. *Tu te fais des idées.*

À vrai dire, ce que je raconte à mon mari l'intéresse dans l'ensemble assez peu. C'est l'une des raisons pour lesquelles je ne lui raconte presque rien. Cela n'a pas toujours été comme ça. Quand nous nous sommes rencontrés, nous passions des nuits entières à parler. De William, j'ai appris presque tout. Les mots, les gestes, la manière de se tenir, de rire, de se comporter. Il avait les codes et les clés.

Je ne sais pas quand nous avons cessé de parler. Il y a longtemps, c'est certain. Mais le plus inquiétant, c'est que je ne m'en suis pas rendu compte.

Ce matin, Mathis s'est levé avant moi. Quand je suis entrée dans la cuisine, il était en train de préparer son petit déjeuner.

Je me suis assise et je l'ai observé pendant quelques minutes : cette nonchalance un rien ostentatoire dans sa manière de s'emparer des objets, de laisser les placards se refermer tout seuls, cet agacement à fleur de peau quand je lui parle ou lui pose une question. Alors j'ai compris qu'il était au seuil, juste au seuil. Voilà déjà que cela gronde et couve en lui comme un virus, c'est à l'œuvre dans chaque cellule de son corps même si rien n'est perceptible à l'œil nu. Mathis n'est pas encore un adolescent, ou plutôt, cela ne se voit pas. C'est une affaire de semaines, de jours peut-être.

Mon petit garçon va se transformer sous nos yeux comme sa sœur avant lui et rien ne pourra arrêter cela.

Mathis

Le jour de l'entrée en sixième, il avait choisi le rang du milieu. Et puis sa place : au milieu du rang du milieu. Ni trop près ni trop loin du tableau. Ni devant ni au fond. Là où, a priori, il attirerait le moins l'attention. Sur la liste affichée sous le préau, il venait de constater qu'il ne connaissait aucun élève. Ceux de l'école élémentaire avaient été répartis dans d'autres classes.

Lorsque la porte s'est refermée, personne ne s'était assis à côté de lui. Il n'a pas osé regarder les autres, installés par paires, coudes serrés, occupés à chuchoter. Aux quatre coins de la classe commençaient déjà les messes basses, un murmure flottant, léger, que le professeur, pour l'instant, parvenait à contenir. Des connivences, il était exclu. Il ne s'était jamais senti aussi seul. Aussi vulnérable. Les filles devant lui s'étaient déjà retournées deux fois pour le toiser.

Au bout de dix minutes, on a frappé à la porte. La conseillère d'éducation est entrée, accompagnée d'un élève qu'il n'avait jamais vu. Théo Lubin s'était perdu dans les couloirs, n'avait pas trouvé sa classe. Un sifflement moqueur a parcouru les rangs. Le professeur a désigné la place vacante près de Mathis. Théo s'est assis. Mathis a poussé ses affaires qui pourtant n'empiétaient sur rien, une manière d'accueillir le retardataire, de lui signifier qu'il était le bienvenu. Il a cherché son regard pour lui sourire, mais Théo a gardé les yeux baissés. Il a sorti sa trousse, son cahier et, sans lever le nez, a murmuré merci.

À l'heure suivante, ils se sont de nouveau assis côte à côte.

Les jours d'après, ils ont cherché ensemble le gymnase, le bureau de la CPE, la cantine et les numéros des salles, dont l'ordre échappait à toute logique. Ils ont apprivoisé ce nouvel espace qui leur semblait sans limites, et dont ils connaissent aujourd'hui chaque recoin.

Ils n'ont pas eu besoin de parler pour savoir qu'ils pouvaient s'entendre. Il suffisait de se regarder ; communautés tacites – sociales, affectives, émotionnelles –, signes abstraits, fugaces, de reconnaissance mutuelle, qu'ils seraient pourtant incapables de nommer. Ils ne se sont plus quittés.

Mathis sait combien le silence de Théo impressionne les autres. Les filles comme les garçons. Théo parle peu, mais il n'est pas du genre à se laisser faire. On le craint. On le respecte. Il n'a jamais eu à se battre, ni même à menacer. À l'intérieur de lui, quelque chose gronde, qui dissuade l'attaque et le commentaire. À ses côtés, Mathis est sous protection, il ne risque rien.

Cette année, le jour de la rentrée, lorsque Mathis a découvert sur le tableau d'affichage qu'ils étaient de nouveau dans la même classe, il a éprouvé un soulagement intense. Si on lui avait posé la question, il n'aurait pas su dire s'il était soulagé pour lui-même ou pour Théo. Aujourd'hui, quelques mois après la rentrée, il lui semble que son ami est encore plus sombre. Il a souvent le sentiment que Théo joue un rôle, qu'il fait semblant. Il est là, à côté de lui, il passe d'une salle à une autre, patiente dans la queue de la cantine, range ses affaires, son casier, son plateau, mais en réalité il se tient en dehors de tout. Et parfois, quand ils se quittent devant le Monoprix, quand il laisse Théo partir en direction du métro, une appréhension confuse se répand dans sa poitrine, qui l'empêche de respirer.

C'est Mathis qui vole l'argent à sa mère. Elle ne se méfie pas. Elle laisse traîner son sac, ne vérifie pas la monnaie. Il prend les pièces, jamais les billets. Il prélève avec prudence ; une ou deux à la fois, pas davantage. Cela suffit pour les flasques : cinq euros le rhum La Martiniquaise, six euros la vodka Poliakov. Ils vont chez le petit épicier en bas de la rue, c'est plus cher qu'ailleurs, mais il ne pose aucune question. Pour les grandes bouteilles, il vaut mieux passer par Baptiste, le frère d'Hugo, qui est en première au lycée d'à côté. Il n'est pas majeur mais il paraît plus vieux que son âge. Il peut aller au supermarché sans qu'on lui demande sa carte d'identité. Il leur réclame *un petit pourcentage.* Dans les bons jours, il fait un prix.

Mathis cache les pièces dans une boîte en ébène que sa sœur lui a offerte. Parce que l'intérieur était recouvert d'un tissu à fleurs, il trouvait que ça faisait truc de fille, mais la boîte a le mérite de fermer à clé et abrite aujourd'hui son butin.

Demain, après la cantine, ils ont une heure de permanence. S'il n'y a personne dans le couloir, ils se glisseront dans leur cachette pour boire le rhum qu'ils ont acheté hier. Théo a dit qu'il *explosait* la tête, encore plus que la vodka. Avec sa main, il a pointé un pistolet imaginaire sur sa tempe, les deux doigts collés, il a fait mine de tirer.

Théo

Il a oublié chez son père le gros pull reçu en cadeau pour Noël que sa mère lui avait demandé de ne pas emporter là-bas. Elle ne s'en est pas rendu compte tout de suite, mais aujourd'hui, alors que la température a baissé, elle s'étonne qu'il ne le porte pas. Elle est horriblement contrariée, cela se voit, elle peine à masquer les signes d'agacement que Théo connaît bien. Elle répète plusieurs fois : « On n'est pas près de le revoir. » Le pull est en péril, absorbé dans les profondeurs du néant. Elle fait référence au territoire ennemi qu'elle ne désigne pas. Un lieu régi par des règles inconnues, où les vêtements mettent des semaines pour être lavés et où les objets s'égarent, sans jamais réapparaître.

Théo promet qu'il le reprendra la prochaine fois.

Oui, il y pensera.

Elle a du mal à passer à autre chose, il le voit.

Quand il était plus petit, jusqu'à son année de CM2, c'est elle qui préparait le sac quand il partait chez son père. Elle choisissait les vêtements les moins beaux, les plus usés, au motif qu'ils tardaient à revenir et parfois ne revenaient pas. Le vendredi soir, elle l'accompagnait *là-bas* en métro, le lâchait au pied de la tour. Au début, quand Théo était encore trop jeune pour prendre l'ascenseur tout seul, son père descendait et le guettait de l'autre côté des portes vitrées. Ses parents ne se croisaient pas, ne se regardaient pas, ils restaient l'un et l'autre de chaque côté de la frontière de verre. Tel un otage échangé contre une marchandise inconnue, Théo s'avançait dans le hall de l'immeuble et traversait la zone neutre, osant à peine appuyer sur l'interrupteur. Une semaine plus tard, le vendredi, à la même heure, sur un autre boulevard, son père arrêtait le moteur de sa voiture, puis attendait que Théo soit entré dans l'immeuble pour redémarrer. Dans une autre cage d'escalier, sa mère le serrait fort dans ses bras. Entre deux baisers, elle caressait son visage, ses cheveux, le regardait de haut en bas et de bas en haut, soulagée, comme s'il revenait miraculeusement vivant d'une indéchiffrable catastrophe.

Il se souvient d'un jour, il y a longtemps – il devait être en CE1 ou CE2 –, alors qu'elle vérifiait le contenu du sac au retour de chez son père, sa mère n'avait pas trouvé le pantalon acheté quelques semaines plus tôt. Elle s'était mise à sortir tous les habits, un par un, comme s'il s'agissait d'une question de vie ou de mort, les jetant en l'air avec rage. Et puis, après avoir constaté de nouveau l'absence du vêtement, elle s'était mise à pleurer. Théo l'avait regardée, abasourdi, sa mère était à genoux devant un sac de sport, le corps secoué de sanglots, il percevait sa douleur, elle se répercutait en lui par assauts, mais un élément lui échappait : pourquoi était-ce si grave ?

Sa mère avait commencé à se plaindre que son père n'était pas foutu de rassembler des affaires (chaque fois qu'elle disait du mal de son père, cette sensation d'inconfort, de déchirure agitait son ventre et le bruit aigu faisait bourdonner ses oreilles) et il avait dû avouer qu'il avait préparé lui-même le sac. Il avait fait de son mieux pour réunir ses vêtements mais il n'avait pas vu le pantalon, qui était sans doute au sale. Alors soudain sa mère avait hurlé : « Et elle ne sait pas faire une machine cette salope ? »

Quand ses parents ont divorcé, son père s'est installé dans un nouvel appartement, dans lequel il vit toujours. Au fond du salon, il a monté une cloison supplémentaire pour que Théo ait sa chambre. Dans les mois qui ont suivi la séparation, son père voyait une autre femme, que sa mère appelait « la connasse » ou « la salope ». La salope venait chez son père certains soirs, elle ne restait jamais dormir. Elle travaillait dans la même société que lui, ils avaient dû faire connaissance dans l'ascenseur ou bien à la cantine, c'est ainsi que Théo avait imaginé leur rencontre, une scène qu'il avait tenté de reconstituer à plusieurs reprises, malgré sa difficulté à en concevoir le décor : il lui était impossible de se représenter à quoi ressemblait le *bureau*, cet endroit où son père se rendait chaque jour, de l'autre côté du périphérique.

Il se souvient d'une journée de printemps au Jardin d'acclimatation avec son père et cette femme, il devait avoir six ou sept ans. Il avait fait du trampoline, du karting, il avait joué au chamboule-tout. Plus tard dans l'après-midi, ils s'étaient perdus tous les trois dans le labyrinthe des glaces, puis ils étaient montés dans une barque et, pendant un temps qui lui avait paru délicieusement long, s'étaient laissé porter par le courant de la rivière enchantée. Plus tard, ils avaient mangé des barbes à papa. La salope était gentille. Grâce à elle, ils avaient découvert ce monde merveilleux, protégé par des barrières et des clôtures, ce monde où les enfants étaient rois. Cette femme était sans aucun doute liée à cet endroit qu'elle connaissait dans ses moindres recoins. C'est elle qui les avait guidés à travers les allées et avait distribué les tickets, et son père la regardait avec une telle dévotion que Théo en avait conclu que le jardin tout entier lui appartenait.

Mais le lendemain, quand il était rentré chez sa mère, il avait eu mal au ventre. Il se sentait triste. Coupable. Il avait ri avec cette femme, accepté ses cadeaux.

Quelque chose de sucré, de poisseux était resté collé sur ses mains.

Au début, quand il revenait de chez son père, sa mère lui posait des questions. Avec l'air de ne pas y toucher, comme s'il n'était pas capable de repérer ses stratagèmes, par des détours et des circonvolutions dont il percevait parfaitement l'intention, elle tentait d'obtenir des informations.

Pour en dire le moins possible, Théo faisait semblant de ne pas comprendre les questions, ou bien répondait de manière évasive.

À cette époque, sa mère se mettait à pleurer comme ça, sans avertissement, parce qu'elle ne parvenait pas à ouvrir le couvercle d'un pot de confiture, parce qu'elle ne retrouvait pas un objet qui avait disparu, parce que la télévision ne marchait plus, parce qu'elle était fatiguée. Et chaque fois, il lui semblait accueillir la souffrance de sa mère dans son propre corps. Tantôt c'était une décharge électrique, tantôt une entaille, ou un coup de poing, mais toujours son corps à lui se trouvait dans le prolongement de la douleur pour en absorber sa part.

Au début, chaque fois qu'il rentrait de chez son père, elle lui demandait : Tu t'es bien amusé ? Tu n'as pas pleuré ? Tu as pensé à maman ? Il n'aurait pas été capable d'expliquer pourquoi, mais aussitôt, il se sentait piégé. Il ne savait jamais s'il devait rassurer sa mère en lui disant que tout s'était bien passé ou au contraire prétendre qu'il s'était ennuyé et qu'elle lui avait manqué. Un jour, alors que Théo lui avait semblé sans doute trop joyeux après la semaine passée *de l'autre côté*, le visage de sa mère avait eu une expression horriblement triste. Elle s'était tue, et il avait eu peur qu'elle se mette encore à pleurer. Mais au bout de quelques minutes, dans un souffle, elle avait dit :

— Tout ce qui compte, c'est que tu sois heureux. Si tu n'as pas besoin de moi, je vais partir, tu sais. Partir en voyage, peut-être. Me reposer.

Très vite, Théo a appris à jouer le rôle qu'on attendait de lui. Mots délivrés au compte-gouttes, expression neutre, regard baissé. Ne pas donner prise. Des deux côtés de la frontière, le silence s'est imposé comme la meilleure posture, la moins périlleuse.

Au bout d'un temps qu'il ne sait pas estimer, *la salope* a disparu. D'après ce qu'il a pu comprendre à l'époque, à partir des bribes de conversations téléphoniques captées d'un côté ou de l'autre, cette femme avait des enfants qui n'auraient pas apprécié qu'elle s'amuse au Jardin d'acclimatation sans eux, et un mari qu'elle n'avait pas voulu quitter.

Peu à peu, sa mère a cessé de pleurer. Elle a vendu les meubles pour en acheter d'autres, plus jolis, puis elle a repeint les murs de l'appartement. Théo a choisi la couleur de sa chambre et celle de la cuisine.

Au retour de la semaine chez son père, elle a cessé de poser des questions. Elle ne demandait plus ce qu'il avait fait, ni avec qui. S'il s'était bien amusé. Elle s'est mise au contraire à éviter le sujet. Elle ne voulait plus rien savoir.

Aujourd'hui, ce temps qu'il passe en dehors de chez elle a cessé d'être. Un soir, elle a expliqué à Théo qu'elle avait tiré une croix sur *tout ça* et qu'elle ne voulait plus jamais en entendre parler.

Son père n'existe plus. Elle a cessé de prononcer son nom.

Hélène

Je voulais que le cas de Théo Lubin soit évoqué lors de la prochaine cellule de vigilance. Frédéric m'a convaincue d'attendre encore un peu. Selon lui, je ne dispose pas d'éléments suffisants pour en faire la demande. Et puis l'évocation d'un cas laisse toujours des traces, cela pouvait nuire à Théo ou à sa famille par la suite, cela ne devait pas être pris à la légère.

Avais-je l'air de prendre cela à la légère ? Je me réveille toutes les nuits, le souffle entravé par l'angoisse, et il me faut souvent plusieurs heures pour me rendormir. Je n'ai plus envie de sortir avec mes amis, d'aller au cinéma, je refuse de me distraire. De toute façon, *le cas* n'en est pas un, je n'ai aucune pièce à verser au dossier et il me faudrait aller contre l'avis de l'infirmière qui n'a pas jugé utile de convoquer les parents, bien qu'elle n'ait pour l'instant reçu aucune réponse au courrier qu'elle a adressé à la mère.

J'ai accepté d'attendre un peu. Frédéric m'a promis d'accorder à Théo une attention particulière, même s'il n'accueille les classes de cinquième qu'une heure par semaine.

Hier après-midi, lorsque j'ai vu Théo entrer dans la salle, juste derrière Mathis, j'ai eu un coup au cœur. J'ai regretté d'avoir capitulé. Il m'a aussitôt semblé bizarre, instable, il marchait avec précaution, on aurait dit que le sol menaçait à chaque pas de céder sous ses pieds. Fallait le voir, le gamin, prendre appui sur les tables pour avancer jusqu'à la sienne, ça m'a sciée en deux, on aurait dit un type bourré. J'ai pensé qu'il était blessé à la jambe, ou au dos, il peinait vraiment pour avancer. Puis il s'est laissé tomber sur sa chaise, apparemment soulagé d'être parvenu jusque-là. Les yeux rivés au sol, il fuyait mon regard.

Quand tous les élèves ont été installés, quand le brouhaha s'est tu et qu'il n'avait toujours pas bougé, je lui ai demandé pourquoi il ne sortait pas son cahier de cours. Sans lever les yeux vers moi, dans un filet de voix, il m'a répondu qu'il l'avait oublié.

J'ai senti la panique m'envahir. Des images m'assaillaient sans que je puisse les contrer. Je n'arrivais pas à calmer mon esprit, à reprendre mon souffle, je ne pouvais m'empêcher de l'observer pour tenter de comprendre ce qui se passait.

Alors j'ai vu les blessures sur son corps, je les ai vues aussi nettement que si ses vêtements avaient été déchirés à ces endroits précis pour laisser apparaître les contusions et le sang. J'ai cherché de l'air, je regardais les autres élèves, je guettais sur leur visage le moment où ils allaient se rendre compte, j'espérais que l'un d'eux, ne serait-ce qu'un seul, soit capable de voir ce que je voyais, mais ils étaient tous là, immobiles, attendant la sentence que j'allais prononcer ou le début du cours. Je me suis répété plusieurs fois ces mots *je suis seule à voir ses blessures, je suis seule à voir qu'il saigne*, j'ai fermé les yeux, j'essayais de me raisonner, de calmer ma respiration, de retrouver, avec leur intonation ferme et rassurante, les paroles de l'infirmière qui l'avait examiné : « Il n'y avait rien, aucune marque, aucune trace, aucune cicatrice. »

Il n'y avait rien.

Sauf que les coups je les ai reçus et qu'avec moi, ça ne marche pas.

Au premier rang, Hugo m'a demandé doucement :

— Madame, vous ne vous sentez pas bien ?

Les images résistaient.

J'ai inspiré profondément, j'ai demandé aux élèves de sortir une copie double et j'ai énoncé les questions du contrôle sans prendre la peine de les inscrire au tableau.

À quoi servent les aliments que nous consommons chaque jour ?

Citez les groupes d'aliments que vous connaissez.

Quelle est l'unité de mesure que l'on utilise pour évaluer la quantité d'énergie apportée par les aliments ?

Une des filles du premier rang (Rose Jacquin, sans doute, qui ne rate jamais une occasion de prendre la parole) m'a interrompue :

— Madame, vous allez trop vite !

Je n'avais jamais fait de contrôle surprise, un vent de révolte soufflait dans la classe. Théo avait toujours la tête baissée, les mains en visière, de telle sorte que je ne voyais plus ses yeux. Je lui ai proposé d'aller à l'infirmerie, il a refusé.

D'abord incrédules, les élèves ont fini par se taire et se sont mis au travail. Sous prétexte de surveiller les éventuels bavardages, je pouvais maintenant l'observer. Son corps était légèrement penché en avant, son stylo était levé. Il avait posé sa main libre sur la feuille, comme pour prendre appui. On aurait dit qu'il ne parvenait pas à fixer son attention sur sa copie, ses yeux cherchaient un point d'ancrage qu'ils ne trouvaient pas.

Au bout de quelques minutes, je me suis avancée dans les rangs. En passant j'ai vu qu'il n'avait rien écrit, un voile de sueur couvrait son front. J'ai eu envie de caresser ses cheveux. J'ai eu envie de m'asseoir à côté de lui et de le prendre dans mes bras.

Je suis passée devant sa table plusieurs fois, mais à aucun moment il n'a relevé la tête pour me regarder. Je n'entrais plus dans son champ de vision.

Il m'en voulait peut-être, à cause de l'infirmière. Il me signifiait que je l'avais trahi, que je ne méritais plus sa confiance.

Je suis retournée à ma place, au bureau. Dans le silence, j'ai réussi à me calmer et j'ai fait mine de corriger des copies.

Quand la sonnerie a retenti, j'ai demandé à Rose de ramasser les contrôles. Au moment où elle a relevé ceux de Théo et Mathis, elle s'est arrêtée. Elle a eu un rire aigu, de surprise ou de connivence, je ne saurais pas dire.

J'ai regardé les élèves sortir, Théo marchait d'un pas un peu plus assuré, mais quelque chose n'allait pas, j'en étais sûre, quelque chose que je ne comprenais pas.

Quand la salle a été vide, j'ai feuilleté les copies jusqu'à trouver la sienne. Dans la marge, il avait seulement écrit son prénom. Il n'avait pas recopié l'énoncé des questions, ni tenté d'y répondre.

En revanche, il avait essayé de reproduire l'un des schémas que je leur ai distribués en classe il y a quelques jours et qui représente le système digestif. De manière simple mais précise, il avait tracé le contour d'un corps humain, de la tête jusqu'à la taille. À l'intérieur de cette silhouette, au crayon de papier, il avait reproduit la bouche, l'œsophage, l'estomac et l'intestin, enroulé sur lui-même comme un serpent. Au creux de l'estomac, il avait dessiné quelque chose, j'ai cru d'abord que c'était un légume, ou une fleur, le dessin était confus, il m'a fallu approcher la feuille de mon visage et puis la reculer un peu pour comprendre qu'il s'agissait d'une tête de mort.

Cécile

Hier, Mathis est rentré ivre du collège.

J'ai vu cette lueur brillante dans ses yeux, et la légère désynchronisation de ses gestes, je lui ai demandé de s'approcher et de souffler, devant moi, pour respirer son haleine.

Il n'y avait pas l'ombre d'un doute.

Il n'avait pas bu du cidre, ni de la bière, non. Il avait bu un alcool fort.

Je suis fille d'alcoolique, voilà ce que j'ai dit pour commencer la séance, en préambule, le lendemain, chez le docteur Felsenberg. Avant même de m'asseoir. Que les choses soient bien claires. Mon père buvait dès qu'il rentrait du travail, tous les jours, et tard dans la nuit. Il répétait jusqu'à l'étourdissement les mêmes phrases, devant une bouteille de vin de table, rouge de préférence. Il râlait contre la terre entière, les chauffeurs, les animateurs, les chanteurs, les voisins, les politiciens, les pharmaciens, les chefs de rayon, les employés, les préposés, les délégués, et j'en oublie. Il ne s'est jamais montré agressif envers nous, ni envers ma mère. Je l'ai vu comme ça, toute mon enfance et mon adolescence, assis face à un écran qu'il regardait à peine, répétant à l'infini ce monologue perpétuel que nous n'écoutions plus. Pour ainsi dire, il faisait partie des meubles. Je crois que j'ai toujours éprouvé pour lui une affection indulgente, bien qu'entachée de honte. Je n'ai jamais invité aucun camarade de classe à la maison. C'était un homme usé, qui noyait dans l'alcool une sensibilité encombrante, inadaptée à son environnement. Je n'ai jamais entendu ma mère se plaindre. Elle prenait tout en charge, non seulement tout ce qui relevait de la vie domestique, mais aussi les papiers, l'administratif, le médical, l'école, les impôts. On disait qu'elle était une sainte. Je ne comprenais pas pourquoi, car elle ne croyait en aucun Dieu. Néanmoins, elle supportait cet homme qui préférait depuis longtemps l'alcool à toute autre consolation. Quand il a perdu son travail, j'ai cru qu'il allait couler à pic. Mais le programme est resté le même, à la seule différence qu'il commençait plus tôt. Il s'est maintenu à la surface, sans faire de vagues, juste la tête, hors de l'eau. Il ne bougeait presque pas. Ce qu'il fallait pour survivre. Il s'installait à la même place, gardait le même rythme (entre trois et cinq verres par heure) et montait se coucher après avoir vérifié que les lumières étaient éteintes. Il se laissait mourir, sans faire de bruit. Ma mère n'a jamais fait la moindre remarque, ni émis la moindre protestation. Mon frère aîné travaillait depuis quelques années comme gardien de nuit dans un entrepôt de matériel électronique. Depuis qu'il avait rompu avec sa petite amie, il passait ses journées enfermé dans sa chambre à écouter des disques. Je regardais la couleur de sa peau et je me demandais combien de temps on pouvait vivre sans voir la lumière du jour.

Un soir, le journal télévisé a diffusé un reportage sur une marée noire provoquée par un accident de pétrolier. Nous étions à table. J'ai regardé ces oiseaux, englués dans le mazout, et j'ai aussitôt pensé à nous, à nous tous, ces images nous représentaient mieux que n'importe quelle photo de famille. C'était nous, c'étaient nos corps noirs et huileux, privés de mouvement, étourdis et empoisonnés.

Le lendemain, nous sommes partis tous les quatre en voiture pour le mariage d'un cousin. C'est mon frère qui conduisait. Depuis le matin, il pleuvait sans trêve. La pluie rebondissait sur le pare-brise dans un bruit métallique. Le ciel était bas et attendait que nous atteignions l'horizon pour se refermer sur nous comme une mâchoire. De longs chapelets de gouttes tremblaient sur les vitres latérales, plaqués par le vent. Le bruit des essuie-glaces résonnait dans l'habitacle, un frottement humide, lancinant, un refrain hypnotisant qui incitait à la torpeur. Mon père était assis à côté de mon frère, à l'avant. Il regardait devant lui, mais il ne regardait rien. À côté de moi, ma mère avait gardé son sac posé sur ses genoux, comme si un signal impromptu risquait, d'un moment à l'autre, de l'obliger à sortir de la voiture. Je voyais bien qu'elle aussi surveillait le compteur de vitesse. Car Thierry roulait vite, très vite. Pourtant, on ne voyait rien au-delà de quelques mètres. Je lui ai demandé une première fois de ralentir. Il a fait mine de ne pas m'entendre. Quelques minutes plus tard, alors que nous roulions encore plus vite, je lui ai demandé plus sèchement. Mon frère a bougonné quelque chose qui signifiait qu'il contrôlait la situation, et puis il s'est approché de manière insistante de la voiture de devant pour qu'elle nous cède le passage. Mon père fixait un point droit devant lui, avec cet air de renoncement que je lui ai toujours connu, ma mère s'était recroquevillée sur son sac. Mais moi je voyais l'eau chassée en gerbes latérales par les voitures que nous dépassions les unes après les autres, puis les feux arrière se sont mis à danser devant mes yeux, puis toutes les lumières ont commencé à se brouiller.

Un silence de mort a envahi la voiture.

Alors j'ai pensé à cette expression, *à tombeau ouvert*. L'atmosphère mortifère qui m'assaillait soudain n'était pas seulement celle de la voiture, c'était celle dans laquelle nous vivions depuis des années. Je me suis mise à hurler.

— Arrête-toi ! Arrête-toi maintenant ! Je veux descendre de cette voiture !

Sidéré, mon frère a ralenti.

— Je veux descendre de cette voiture ! Arrête-toi ! Laissez-moi descendre ! Je veux descendre ! Je veux descendre !

Je criais comme une folle.

Quelques centaines de mètres plus loin, Thierry s'est arrêté sur la première zone de dégagement. Il a stoppé net, et je continuais de répéter cette phrase, je veux descendre, je veux descendre, vous comprenez, je veux descendre, mais en fait je hurlais je veux vivre et ils l'entendaient très bien.

Je suis sortie de la voiture. Sans rien dire, mon père a ouvert sa portière, il a fait le tour par l'avant et puis il a ouvert celle de Thierry. Mon frère s'est propulsé à l'autre bout pour lui laisser la place du conducteur. Mon père m'a fait signe de remonter dans la voiture et j'ai fait non de la tête, tout mon corps tremblait.

Il a hésité une seconde, puis il a redémarré.

Quand je repense à ce moment, au dernier regard qu'il m'a jeté avant de se réinsérer dans le flux, je sais que mon père a compris ce jour-là que j'allais les quitter. Que je me propulserais bientôt vers d'autres mondes, d'autres manières, et qu'un jour sans doute nous ne parlerions plus la même langue.

J'ai regardé notre voiture s'éloigner. J'étais au bord d'une nationale, au loin je voyais la découpe d'une ville ou d'un hameau. Je me suis mise en route. Au bout de quelques minutes, une femme s'est arrêtée. Elle m'a proposé de m'emmener.

Je viens d'une famille où l'on dit « la maison *à* mon cousin » ou « la valise *à* ma sœur ». Où on dit « *tata* Nadine » et « *tonton* Jacques ». Regarde *qu'est-ce* que je fais. On va *sur* Paris ou *sur* Chalon. On *mange* chaque soir à heure fixe devant le journal télévisé. Que les choses soient bien claires.

Quand j'ai rencontré William, j'ai découvert un univers dont j'ignorais les usages comme les interdits. Il me reprenait, avec douceur, quand je faisais des fautes. Plus tard, il m'a félicitée pour mes progrès, je lisais des dizaines de livres et j'apprenais vite. Il était fier de moi. Quand Sonia est née, ou plutôt quand elle a commencé à prononcer ses premiers mots, il m'a dit qu'il était hors de question qu'elle appelle ma mère « *mémé* », ou qu'elle dise « *tonton* Thierry » à propos de mon frère. Les règles ont été posées. Nous avons élevé nos enfants dans la langue qui est la sienne. Ils disent « *grand-mère* » et « *grand-père* », ils vont *à* Paris, *chez* le coiffeur, ils *déjeunent* ou *dînent*, mais ne *mangent* jamais.

Voilà ce que j'ai raconté, dans ce désordre, et dans un flot continu (à vrai dire, comme quelqu'un qui n'aurait pas ouvert la bouche depuis plusieurs années), afin d'expliquer au docteur Felsenberg la violence de ma réaction lorsque j'ai découvert que Mathis avait bu.

Oui, bien sûr, j'ai pensé tout de suite que cela venait de moi, que c'était à cause de moi. Il n'a pas encore treize ans et il boit de l'alcool, n'est-ce pas la preuve que quelque chose sommeille en lui qui ne demande qu'à surgir, à rugir, quelque chose qui vient de moi, bien sûr, de *mon côté*. Car j'étais bien certaine, si je lui en parlais, que William me poserait cette question : de qui tient-il ?

Mais je n'avais aucune envie d'en parler à William.

C'est bien la peine d'avoir dépensé tant d'énergie et passé tant de temps à se fondre dans le décor, à gommer en moi tout ce qui heurtait les oreilles de mon mari et de sa famille, à tenter de transmettre à mes enfants des tournures élégantes et des manières de velours.

C'est bien la peine de dire « le camion *de* Mathis » et « la poupée *de* Sonia », si c'est pour en arriver là.

Théo

Lorsqu'il est sorti du collège, il avait besoin de prendre l'air, de marcher, il ne pouvait pas rentrer tout de suite, c'était trop risqué.

Au bout d'une vingtaine de minutes la sensation de l'ivresse s'est dissipée, son haleine dans le froid formait un petit nuage de fumée, l'alcool s'évaporait.

Peu avant dix-neuf heures, il a ouvert la porte de l'appartement, s'est assuré que le champ était libre. Depuis quelques mois, sa mère suit un cours de gymnastique le vendredi en fin de journée. Cela leur évite à tous les deux ce moment crispé de la séparation, saturé de non-dits et d'imprononçables recommandations. En général, il lui envoie un message un peu plus tard pour lui dire qu'il est bien arrivé. Elle se contente d'un « OK » en retour.

La connexion s'interrompt pour une semaine. Fin de la transmission.

Il a cherché partout son survêtement sans pouvoir remettre la main dessus. Il est allé voir dans le bac à linge sale et a vérifié qu'il n'était pas en train de sécher.

En quelques minutes, Théo a rassemblé le reste de ses affaires pour la semaine. Il a éteint toutes les lumières et refermé à clé derrière lui.

Il a pris le métro aérien jusqu'à la place d'Italie.

Il arrive en bas de la tour.

Il aimerait avoir gardé, dans un recoin lointain de son cerveau dont il pourrait maintenant entrouvrir la porte, une vague sensation d'ivresse. Il cherche en lui-même la trace de l'étourdissement. Il aimerait retrouver l'empreinte de l'alcool dans ses mouvements, une lenteur, une torpeur, aussi infime soit-elle, mais il ne reste plus rien. Il est sans carapace. Dans l'air de l'hiver, il a tout brûlé. Il est redevenu cet enfant qu'il déteste, qui appuie sur le bouton de l'ascenseur avec la peur au ventre. La peur émerge d'un sommeil engourdi dont le goût ambré a disparu, elle se diffuse dans tout son corps et accélère son rythme cardiaque.

Quand Théo sonne à la porte, son père met plusieurs minutes avant de lui ouvrir. La fois précédente, il a attendu presque une demi-heure, il l'entendait, à l'intérieur, ou plutôt il percevait sa présence, un souffle ou un frottement, mais son père n'était pas prêt à ouvrir, à l'accueillir, comme si ce temps de plus en plus long qu'il lui faut pour s'approcher de la porte d'entrée lui permettait de redevenir un être humain. Voilà ce qu'il devine, aujourd'hui, quand il attend sur le palier, qu'il faut tout ce temps à son père pour être capable de lui faire face. Il a la clé du bas, mais pas celle du verrou que son père ferme quand il veut être sûr de ne pas être dérangé. Alors Théo finit par s'asseoir en haut des marches et il attend. Et toutes les quatre-vingts secondes, il se lève pour relancer la minuterie.

Quand son père finit par apparaître, même si Théo s'est préparé toute la journée à cette image, même s'il l'a convoquée mentalement des dizaines de fois pour s'y habituer, même s'il sait depuis plusieurs mois que c'est dans cet état qu'il le trouvera, il peine à dissimuler le mouvement de recul que son corps produit malgré lui, de recul et de dégoût, parce que chaque fois c'est pire encore, pire que la semaine précédente, comme s'il était possible d'aller toujours plus loin dans l'abandon de soi. En une fraction de seconde, Théo enregistre tout, le pyjama, la tache d'œuf ou d'urine au niveau du sexe, la barbe, l'odeur, les pieds nus dans les claquettes, les ongles trop longs, les pupilles qui se dilatent et cherchent à s'adapter à la présence d'un autre être humain.

Et puis son père lui sourit, dans une sorte de grimace qui ressemble à celle du chagrin.

Avant, son père l'attirait vers lui pour le serrer dans ses bras, mais maintenant il n'ose plus. Il sent mauvais et il le sait.

Ensuite il retourne dans son lit, ou bien il s'assied à son bureau, devant l'ordinateur, il fait un effort surhumain pour poser quelques questions. Théo pourrait décrire dans les moindres détails la lente progression de cet effort, ses rouages et ses enchaînements, dont il lui semble discerner le couinement rouillé, insupportable. Ce temps qu'il faut à son père pour concevoir les questions, puis pour les énoncer. Dans une sorte de rituel défectueux, il demande des nouvelles du collège, de l'équipe de handball (que Théo a quittée il y a près d'un an), mais il est incapable de se concentrer sur les réponses. Théo finit toujours par s'agacer parce que son père lui pose deux fois la même question ou parce qu'il fait semblant d'écouter. Parfois, il cherche à le confondre, à le prendre en flagrant délit d'inattention, il lui fait soudain répéter ce qu'il vient de dire et puis il le laisse s'enliser à partir des quelques mots que son cerveau a enregistrés de manière superficielle, dans une vaine tentative de reconstitution. Son père ne s'en sort pas si mal, à dire vrai. Alors Théo ne peut s'empêcher de lui sourire, il dit ce n'est pas grave, t'inquiète, je te raconterai une autre fois.

Plus tard, il triera les restes dans le réfrigérateur, jettera ce qui est pourri ou moisi, vérifiera les dates de péremption. Il défera le lit de son père, ouvrira les fenêtres pour aérer les pièces. S'il reste de la lessive, il mettra le lave-linge en route. Et fera tourner le lave-vaisselle. Ou bien il laissera d'abord les assiettes tremper à cause des restes de nourriture, parfois tellement secs qu'ils paraissent incrustés.

Puis il redescendra avec la carte bleue de son père et se dirigera vers le distributeur. Il tentera d'abord d'obtenir cinquante euros. Si la machine refuse, il recommencera l'opération pour en obtenir vingt. Dix, ce n'est pas possible.

Il ira au Franprix pour faire quelques courses.

À son retour, il essaiera de convaincre son père de se lever, de se laver, de s'habiller. Il remontera le store électrique et viendra lui parler dans sa chambre. Il tentera de l'entraîner dehors, au moins pour marcher un peu. Il l'appellera du salon, plusieurs fois, pour qu'ils regardent ensemble un film ou une émission de télé.

Ou bien il ne fera rien de tout cela.

Cette fois, peut-être qu'il n'aura plus la force.

Peut-être qu'il laissera les choses aller, comme ça, sans tenter de réparer, de remettre de l'ordre. Peut-être qu'il se contentera de s'asseoir dans l'obscurité, de laisser ses jambes balancer entre les pieds de la chaise, parce qu'il ne sait plus quoi dire, quoi faire, parce qu'il sait que tout cela est trop lourd pour lui, qu'il n'est pas assez fort.

Depuis combien de temps son père ne travaille plus, il ne s'en souvient pas. Deux ans. Ou trois. Il sait qu'un soir il a promis de se taire. Parce que si sa mère apprend que son père ne travaille plus, elle fera un procès pour récupérer la garde exclusive. C'est ce que son père a dit.

Il a promis le silence, c'est pourquoi il n'a rien dit non plus à sa grand-mère, ni à la sœur de son père qui téléphonait parfois.

Avant, son père travaillait trop. Il rentrait tard du bureau, passait ses soirées sur l'ordinateur, veillait dans la nuit. Un jour, il a été mis à pied par son entreprise. Théo n'a jamais oublié cette expression. *Mis à pied*. Il avait aussitôt imaginé son père allongé par terre, maintenu au sol sous la botte d'un supérieur hiérarchique, en signe de victoire et de domination. En réalité, cela signifiait que son père n'avait plus le droit de retourner à son travail, qu'il n'avait plus accès à ses dossiers, ni à son ordinateur. Avait-il commis une faute ? une grave erreur ? Théo était trop petit pour que son père lui explique ce qui s'était passé, mais il avait retenu cette image de l'humiliation terrible par laquelle il avait été anéanti.

Pendant quelques mois, son père avait cherché du travail. Il avait suivi une formation qui lui permettait d'élargir ses compétences, avait repris des cours d'anglais. Il allait à des rendez-vous, il passait des entretiens.

Et puis petit à petit, les contacts que son père continuait d'entretenir avec l'extérieur sont devenus plus rares. Et puis tout ce qui le maintenait en lien avec les autres, tout ce qui pouvait laisser espérer qu'un jour il reprendrait une activité, tout ce qui l'obligeait à sortir de chez lui s'est rompu. Théo ne s'en est pas rendu compte tout de suite, parce que cette rupture – contrairement à celle de ses parents qui les avait amenés à se déchirer pendant des mois, par avocats interposés, dans un combat sans trêve dont il avait été le témoin assigné au silence – s'est faite sans drame, sans éclats. Au début, son père s'est mis à traîner un peu plus longtemps à la maison, le matin, l'après-midi. Il adorait passer du temps avec lui. Ils partaient faire des tours en voiture, son père conduisait d'une main, l'air décontracté, et il disait on n'est pas bien tous les deux ? Il projetait de l'emmener à Londres, ou à Berlin, quand il aurait renfloué les caisses. Et puis il a cessé de conduire parce qu'il n'y avait plus d'essence dans la voiture. Et puis il a cessé de sortir de l'immeuble. Et puis il a vendu la voiture. Et puis il a limité au maximum ses sorties hors de son lit ou du canapé du salon. Maintenant, pour cent euros par mois, il cède la place de parking à son voisin et cela représente une part importante de ses revenus.

Depuis combien de temps ils ont cessé de *faire des tours*, de jouer aux *Mille Bornes* ou aux petits chevaux, depuis combien de temps son père n'a pas préparé un dîner, allumé le four, depuis combien de temps il n'a pas ouvert les stores lui-même, lavé du linge, descendu la poubelle, Théo ne le sait pas.

Depuis combien de temps sa grand-mère, son grand-père, son oncle et sa tante ne sont pas venus, depuis combien de temps son père prend des médicaments, somnole toute la journée, ne se lave pratiquement plus, depuis combien de temps ils doivent parfois se nourrir toute une semaine avec vingt euros, il ne le sait pas non plus.

Mathis

Il n'a pas le droit de voir des copains pendant le week-end parce que sa mère s'est aperçue qu'il avait bu. Elle a mené son interrogatoire avec méthode. Puisqu'ils ne sont pas autorisés à sortir pendant les heures de permanence, elle voulait savoir par quelle ruse il avait pu boire dans l'enceinte du collège. Avait-il terminé une heure plus tôt ? Était-il sorti sans son accord ? En quelques minutes, Mathis a inventé l'histoire de toutes pièces : une fille de sa classe avait apporté un flacon de rhum pour faire un gâteau et ils s'étaient partagé ce qu'il restait. Le goût était un peu sucré, épicé, ils n'ont pas fait attention à la quantité. Sa mère est le genre de mère capable de croire qu'ils confectionnent encore des pâtisseries au collège. Elle voulait savoir si Théo était avec eux (elle est persuadée que Théo est à l'origine de tout). Avec un aplomb qui l'a surpris lui-même, il a répondu que non. Théo était absent.

Elle a fini par lâcher. Pour cette fois, elle ne dira rien à son père. Mais elle l'a prévenu : s'il devait y avoir une prochaine fois, si elle découvrait qu'il consomme de nouveau de l'alcool au collège, ou en dehors, elle n'hésiterait pas à en parler.

Il n'a pas eu le droit de jouer à la console non plus. Il n'a pas pu communiquer avec qui que ce soit parce qu'elle lui avait confisqué son portable. De toute façon, quand Théo est chez son père, ils ne se voient jamais.

Dans l'après-midi de samedi, Mathis est allé avec elle acheter de nouvelles chaussures de sport parce que les siennes commençaient à être trop petites. En sortant du magasin, ils sont passés chez sa grande sœur qui vit en colocation avec une copine près du cimetière du Montparnasse, le temps de lui déposer quelques courses que sa mère avait tenu à faire pour elle. Ils ont bu un thé chez Sonia puis ils sont rentrés à pied. Sur le chemin du retour, ils ont regardé les affiches de films et discuté de ceux qu'ils aimeraient voir.

Pendant tout l'après-midi, il a perçu chez sa mère cette mélancolie diffuse qu'il déteste parce qu'il ne peut se défaire de l'impression qu'il en est responsable. Il y a cette tonalité particulière de sa voix qu'il semble être le seul à entendre, et cette manière qu'elle a de le regarder comme s'il était devenu adulte en une nuit ou qu'il s'apprêtait à partir à l'autre bout du monde. Ou comme s'il avait commis une faute dont il n'avait aucune conscience.

Lundi matin, il a retrouvé Théo devant la porte du collège. Son ami avait fait des recherches pendant le week-end, il avait des plans qu'il avait hâte de lui expliquer.

Quand monsieur Châle a ramassé l'argent que les parents devaient donner pour la soirée à l'Opéra-Garnier, Théo a dit que sa mère ne voulait pas qu'il participe à la sortie, à cause des attentats. Monsieur Châle a hésité quelques secondes à poser d'autres questions, cela se voyait, mais il s'est ravisé.

Mathis sait que ce n'est pas vrai. Ce n'est pas sa mère. Théo ne viendra pas parce qu'il n'a pas l'argent. Et ce n'est pas la première fois.

Hélène

Je me suis rendu compte que nous n'avions pas l'adresse du père, qui normalement figure sur les papiers que les élèves remplissent en début d'année. Nous n'avons même pas son numéro de téléphone pour le prévenir en cas d'accident. J'ai décidé de convoquer la mère sans motif particulier. Je ne suis pas passée par Théo, ni par le site du collège, j'ai envoyé un mot laconique par courrier avec mon numéro de téléphone, en lui demandant de me contacter au plus tôt. Elle m'a téléphoné le jour même, sa voix trahissait son inquiétude. Théo ne lui avait pas transmis le message de l'infirmière, c'est pourquoi elle n'y avait pas répondu. J'ignore pour quelle raison, dès le premier instant, elle m'a été si antipathique. Elle m'a dit que Théo était chez son père jusqu'au vendredi suivant, elle était libre de venir un soir après dix-huit heures à ma convenance. Je lui ai donné rendez-vous pour le lendemain.

Dans la cour, j'ai vu arriver de loin sa frêle silhouette, cintrée dans un imperméable beige, elle ne portait ni foulard ni bijou, avançait d'un pas rapide. La couleur de ses vêtements, sa manière de se déplacer, de tenir son sac, tout indiquait à quel point elle souhaitait être conforme à ce que l'on attendait d'elle, dans la bonne tonalité. Je l'ai rencontrée sous le préau, nous sommes montées ensemble dans la salle de travaux pratiques. Elle ne ressemblait en rien à la femme que j'avais imaginée.

J'ai commencé par lui parler de Théo. J'ai dit que je le trouvais fatigué, très fatigué. Qu'il avait de plus en plus de mal à suivre en classe. Il était allé plusieurs fois à l'infirmerie, et n'avait répondu à aucune question du dernier contrôle. Elle a d'abord fait mine de ne pas comprendre, les résultats de son fils étaient bons, elle ne voyait pas où était le problème.

J'ai dit : le problème, madame, c'est que votre fils ne va pas bien. Je ne remets pas en question ses capacités, je vous parle de lui, de sa difficulté croissante à se concentrer.

Elle m'a regardée pendant plusieurs secondes. Elle cherchait à évaluer mon pouvoir de nuisance, j'en suis certaine, elle mesurait le danger qui eût consisté à m'envoyer promener comme ça, d'entrée de jeu : de quoi vous vous mêlez.

Elle a pris une voix douce et ferme qui doit faire son petit effet dans le cadre professionnel.

— Mon fils va très bien. C'est un adolescent qui a du mal à s'endormir et qui passe sans doute trop de temps sur les écrans, comme tous les jeunes de son âge.

Je ne suis pas du genre à lâcher si facilement.

— À douze ans, c'est un peu jeune.

— Il en aura treize dans quelques jours.

— Avez-vous une idée de la vie qu'il mène, quand il est chez son père ? A-t-il des horaires réguliers ?

Elle a inspiré avant de me répondre.

— Mon mari m'a quittée il y a six ans et nous n'avons plus aucun contact.

— Même au sujet de Théo ?

— Non. Il est grand. Il est en garde alternée.

— Ce mode de garde lui convient ?

— Mon ex-mari l'a exigé afin de réduire la pension alimentaire, qu'il ne paie plus d'ailleurs.

Je sentais monter en moi une colère aveugle contre cette femme, quelque chose d'obscur et de féroce m'envahissait que je ne pouvais contenir. Je percevais sous sa frêle apparence la solidité de la charpente, j'ai eu envie de la voir reculer dans ses zones protégées, de la sentir plier.

— Vous refusez que Théo prenne part aux sorties scolaires. C'est un peu dommage, car les sorties sont un moment important pour la cohésion de la classe.

Son étonnement était tel qu'il pouvait difficilement être feint.

— Vous voulez dire qu'il ne participe pas aux sorties ?

— Non. À aucune.

Je voulais aller plus loin, je voulais la déstabiliser.

— Si c'est un problème financier, vous pouvez demander une aide au bureau…

Elle a élevé la voix pour m'interrompre.

— Ce n'est pas un problème d'argent, madame Destrée. Mais quand il est chez son père, c'est son père qui doit payer.

J'ai laissé les mots résonner quelques secondes.

— Le Principal s'étonne également que vous ne veniez jamais aux réunions parents-professeurs.

— Je n'y viens pas parce que je ne peux pas prendre le risque d'y croiser mon ex-mari... Je... j'aurais du mal à le supporter.

— Nous n'avons jamais vu votre ex-mari non plus, et je ne suis pas sûre qu'il soit informé de ces réunions, puisque vous n'avez pas jugé utile de nous communiquer ses coordonnées.

Elle a eu un temps d'arrêt. Elle tentait de comprendre.

— C'est Théo qui a rempli les papiers. Au début de l'année, quand il m'a fait signer les feuilles de renseignements, j'ai remarqué qu'il n'avait pas indiqué l'adresse de son père, c'est vrai, mais il m'a dit qu'il allait le faire.

J'ai senti qu'elle vacillait. Un doute fissurait son système de défense.

J'ai eu envie de la blesser, des paroles cassantes et des sarcasmes me venaient à l'esprit que je retenais avec difficulté, je n'avais pas ressenti cela depuis des années.

Cette femme ne protégeait pas son enfant, et cela me mettait hors de moi.

— Votre ex-mari était-il violent ?

— Non, pas du tout. Pourquoi me posez-vous cette question ?

J'avais franchi la ligne rouge. La ligne rouge était loin derrière moi.

— Vous savez, madame, quand on retrouve les enfants au fond d'un trou ou au bout d'une corde, il est trop tard.

Elle m'a regardée comme si j'étais possédée. Elle a cherché autour d'elle un témoin ou un appui. Mais nous étions seules dans cette salle de travaux pratiques, blanche et carrelée, au milieu des paillasses et des microscopes, une odeur de détergent flottait dans l'air qui n'était pas sans rappeler celle de l'hôpital. Au fond de la classe, le robinet de l'évier gouttait tel un métronome.

Alors, sans aucun signe avant-coureur, elle a protégé son visage de ses mains et s'est mise à pleurer. Prise de court, j'ai tenté maladroitement de faire marche arrière.

— Écoutez, nous sommes plusieurs enseignants à constater que Théo ne va pas très bien. Il se met en retrait. Il risque de décrocher.

Elle continuait de pleurer tout en cherchant quelque chose dans son sac, elle a répété à plusieurs reprises je ne comprends pas, je ne comprends pas, il n'y avait plus aucune arrogance en elle, aucune posture. J'ai remarqué sur son cou les traces du fond de teint qu'elle n'avait pas bien estompé et sur ses joues des rougeurs que le maquillage ne dissimulait plus. Le col de son chemisier était un peu élimé, et ses mains m'ont paru très abîmées pour son âge. C'était une femme que la vie n'avait pas épargnée. Une femme dont le rêve avait été piétiné et qui tentait de faire bonne figure.

Soudain j'ai eu honte de l'avoir fait venir et de la mettre à l'épreuve de cette manière. Sans aucune raison valable.

Il me fallait clore l'entretien, calmer le jeu, redonner à ce moment un semblant de normalité. J'ai fini par lui tendre un kleenex.

— Je crois que vous devriez emmener Théo chez un médecin généraliste. Vérifier qu'il se porte bien, qu'il n'a pas de… carences… Son état de fatigue nous préoccupe. C'est aussi l'avis de l'infirmière.

Elle s'est ressaisie aussi vite qu'elle avait craqué. Elle s'est engagée à prendre rendez-vous dès le lendemain, et m'a dit qu'elle interrogerait Théo, au sujet des sorties scolaires.

Nous nous sommes quittées en bas des escaliers.

Je l'ai regardée s'éloigner sous le préau. Elle s'est retournée vers moi une dernière fois avant de passer les grilles, comme pour vérifier que je ne la suivais pas.

J'ai pris mon téléphone dans mon sac pour appeler Frédéric.

Il a décroché à la première sonnerie et j'ai dit : j'ai déconné. J'ai vraiment déconné.

Théo

Il est entré dans le gymnase en dernier. Les élèves s'étaient assis en rond sur les tapis en mousse, madame Berthelot se tenait debout, près de la porte, dans l'attente des retardataires, pour son habituel contrôle des tenues.

Madame Berthelot entend par *tenue de sport* l'équipement complet : haut et bas de survêtement, authentiques baskets – à ne pas confondre avec chaussures de l'espace et autres modèles scintillants.

Il y a quelques semaines, Théo a eu une punition : il a dû recopier cinquante fois *je dois apporter ma tenue pour le cours d'EPS du mardi à quatorze heures*.

Aujourd'hui, lorsqu'il est passé à sa hauteur, elle l'a arrêté d'un geste.

— Tu n'as pas ton jogging ?

Il a expliqué que cette semaine il était chez son père, et qu'avant de partir il l'avait cherché partout chez sa mère sans le trouver.

— Tu n'as pas de survêtement chez ton père ?

Il a fait signe que non, mais elle n'était pas décidée à lâcher prise.

— Ton père ne peut pas t'acheter un survêtement ?

Non, son père ne pouvait pas acheter un survêtement. Son père était en fin de droits, ne sortait plus
de chez lui et se déplaçait à petits pas comme un
zombie.

Il aurait pu tout balancer, comme ça, il aurait eu
l'impression éphémère de marquer un point. Mais il
sait qu'elle est coriace et qu'elle aime avoir le dernier
mot. En plus elle aurait été capable de le prendre au
sérieux.

Elle continue de se lamenter. Elle en a assez, vraiment as-sez, des élèves qui se croient tout permis et
viennent en cours en tenue de ville comme s'il s'agissait d'une partie de dominos dans un salon. Mais
pour qui se prennent-ils ?

Elle barre toujours le passage, la sentence finit par
tomber :

— Tu prends un pantalon dans le coffre des
affaires oubliées et tu vas te changer.

C'est un ordre, mais Théo ne bouge pas.

— Allez !

Elle sait parfaitement qu'il n'y a qu'un seul bas de
jogging dans ce coffre et qu'il y moisit depuis dix ans.
En plus, il est rose et minuscule.

Théo proteste une dernière fois avant de sortir
le pantalon et le lui montre, pour qu'elle se rende
compte, il le tient du bout des doigts, espérant qu'elle
recule.

— Eh bien tu l'enfiles et tu fais quatre fois le tour du gymnase en courant.

Théo marmonne que le jogging sent mauvais.

— Ça t'apprendra à oublier sans cesse tes affaires.

Elle n'a pas l'intention de céder. D'ailleurs, il est hors de question qu'elle commence le cours tant qu'il n'aura pas mis le pantalon et effectué ses quatre tours.

Théo part dans le vestiaire, il revient quelques minutes plus tard. Le jogging rose lui arrive à mi-mollet. Il s'attend à être accueilli par des glousse-ments et des moqueries, mais personne ne rit. Mathis répète plusieurs fois c'est nul madame. Madame Berthelot lui ordonne de se taire, sous peine de le punir aussi.

La classe a cessé de parler. Le gymnase n'a jamais été aussi calme.

Théo se met en mouvement. Doucement, à petites foulées, il court les quatre tours demandés dans un silence de mort.

Il sent une vague de chaleur monter à ses joues, il ne se rappelle pas avoir jamais éprouvé une telle honte.

De là où ils sont, les autres peuvent-ils voir qu'en surimpression les élastiques du pantalon sont siglés Barbie ?

À la fin des quatre tours, aucun rire, aucune remarque n'a fusé.

Il s'arrête devant elle, elle lui fait signe de rejoindre le groupe assis en tailleur sur les tapis.

Elle dit : très bien.

Théo s'installe à côté de Mathis. Quand Mathis relève la tête pour lui sourire, il découvre que Théo saigne du nez. Un flot abondant qui ne tarde pas à maculer son tee-shirt, son jogging et le tapis de sol. Les filles poussent des cris. Théo ne bouge pas. Mathis se propose pour l'accompagner à l'infirmerie, mais madame Berthelot désigne Rose pour aller avec lui.

Sous les regards affolés, Théo sort du gymnase, tête en arrière, un kleenex sous le nez.

Après leur départ, madame Berthelot passe dix minutes à nettoyer le sang.

Le soir, quand Théo rentre chez lui, son père est assis dans la cuisine. Il a sorti les biscottes et la confiture, versé du lait dans la casserole et du chocolat en poudre dans les bols.

Pour un homme dans son état, cela représente l'addition de plusieurs efforts que Théo évalue à leur juste mesure. Une volonté de se maintenir à la frontière du désastre, qu'il a observée plusieurs fois chez son père, une sorte de dernier rempart, ou de filet invisible, auquel celui-ci se retient et qui jusque-là les a tenus éloignés du pire.

Théo s'est assis de l'autre côté de la table, en face de lui. Il a gardé le bout de coton roulé qui obstrue sa narine, une petite boule blanche que l'infirmière a changée juste avant qu'il quitte le collège. Son père n'a pas semblé le remarquer.

Comme le silence s'installe, Théo dit qu'il a passé une partie de l'après-midi à l'infirmerie. Après un instant, en l'absence de toute forme de réaction, il ajoute qu'il a été puni parce qu'il n'avait pas de pantalon de jogging. Il raconte le survêtement rose et les quatre tours devant les autres.

Les yeux de son père deviennent brillants, des petites plaques rouges apparaissent sur son cou et sur son front, ses lèvres tremblent légèrement.

Théo voudrait que son père se lève et tape du poing sur la table. Qu'il renverse tout, qu'il hurle je vais me la faire cette connasse, qu'il attrape sa parka au vol et sorte de l'appartement en claquant la porte.

Au lieu de cela, des larmes commencent à couler sur ses joues et ses mains restent posées sur ses genoux.

Théo déteste quand son père pleure.

C'est comme si le bruit dans sa tête s'amplifiait soudain pour atteindre une fréquence mortelle. Et puis cela lui donne envie de lui dire qu'il est moche et sale, d'être méchant avec lui.

Théo ferme les yeux et remplit ses poumons d'air pour desserrer sa gorge – une technique qu'il maîtrise très bien pour congédier le sanglot –, puis il tend à son père un bout de sopalin qui traînait sur la table.

— C'est pas grave, papa, t'inquiète pas.

Hélène

Mardi soir, j'ai croisé les filles de la cinquième B dans le couloir. Elles avaient la mine grave des jours de drame. Elles chuchotaient avec des airs de conspiratrices, mais l'émotion qui les agitait ne s'est pas contentée longtemps du murmure. Parmi les bribes qui me parvenaient, j'ai entendu plusieurs fois le prénom de Théo. Je me suis approchée. Elles se sont tues quand je suis arrivée à leur hauteur, Emma et Soline se sont tournées vers Rose Jacquin, c'est elle qui menait la danse. Il lui appartenait de me révéler ce qui les occupait, le récit viendrait d'elle ou ne viendrait pas.

J'ai demandé où elles allaient, ce n'était pas l'entrée en matière la plus habile, mais je n'en ai pas trouvé d'autre.

Elles sortaient du cours d'EPS et elles étaient supposées rejoindre celui de Frédéric.

J'ai marché à leur côté en direction de l'aile B, je cherchais de quelle manière relancer, mais je n'ai pas eu à le faire, l'indignation était trop forte pour être endiguée. Rose m'a d'abord annoncé un peu crânement que Théo Lubin était à l'infirmerie.

— Il s'est passé quelque chose pendant le cours de sport, a-t-elle ajouté dans un souffle.

Elle a attendu quelques secondes, savourant son effet, avant de reprendre.

— Il a couru tout seul devant tout le monde, et puis il a saigné du nez. Très fort. Il y en avait partout, madame.

Je n'ai pas attendu la suite. Je l'ai remerciée et je suis partie. J'ai fait un effort pour ne pas me précipiter, mais dès que je n'ai plus été dans leur champ de vision, j'ai accéléré le pas.

J'ai frappé avant d'entrer. Les rideaux étaient fermés, la pièce plongée dans une semi-obscurité.

J'ai vu que Théo était allongé sur l'un des lits destinés aux élèves, je crois qu'il dormait.

L'infirmière a tiré le paravent et m'a fait signe de la suivre jusqu'à son bureau, une petite pièce attenante dont elle a laissé la porte ouverte. Nous avons chuchoté tout au long de cette conversation. Elle m'a expliqué qu'elle avait eu du mal à arrêter le saignement, elle avait même hésité à prévenir la mère. Non, il n'était pas tombé, il n'avait pas fait de mouvement brusque. Lorsque cela s'était déclenché, il venait de courir un peu, à l'intérieur du gymnase. À petites foulées, semblait-il, sans effort important. Il n'avait rien dit de plus. Sa tension était basse, elle le trouvait fatigué. Elle avait eu toutes les bonnes raisons de l'examiner à nouveau et elle l'avait fait. Elle avait cherché. Mais il n'y avait rien. Aucune trace de blessure. En revanche, il avait perdu du poids depuis la fois précédente.

J'ai demandé si je pouvais le voir. Elle m'a laissé m'approcher seule du lit où il était étendu. Lorsqu'il a senti ma présence, il a ouvert les yeux. Son visage ne trahissait rien.

Je lui ai demandé comment il se sentait. Il m'a répondu qu'il allait mieux. J'ai demandé s'il souhaitait que l'on prévienne ses parents, il s'est redressé pour me dire que ce n'était pas la peine : sa mère allait s'inquiéter pour rien, l'après-midi était presque terminé, il avait raté le cours d'éducation musicale, mais c'était le dernier de la journée. À la fin de l'heure, il rentrerait chez lui pour se reposer.

Je suis restée près de lui en silence. Il ne s'était pas glissé dans les draps, il s'était allongé au-dessus, comme s'il ne voulait rien salir, rien défaire. Son tee-shirt était légèrement relevé, j'ai aperçu sa peau, à la pointe de la hanche, peau blanche d'enfant, de petit garçon, peau fragile, bouleversante, si fine qu'elle semble transparente. C'est alors que j'ai vu qu'il portait cet horrible survêtement Barbie, taché par le sang.

— C'est à toi, ce survêtement ?

— Non, c'est celui du gymnase, j'avais oublié le mien.

J'avais réussi quelques minutes plus tôt à capter son regard, mais c'était terminé. Il a remonté le drap sur ses jambes.

— C'est madame Berthelot qui t'a demandé de mettre ce jogging ?

Il a hésité avant d'acquiescer d'un signe de tête.

— Et elle t'a demandé de courir devant les autres ?

Il n'a pas répondu.

— Tout seul ?

Une douleur muette est apparue sur son visage, et puis il a fermé les yeux.

J'ai remercié l'infirmière et je suis sortie du bureau. La récréation était terminée, j'étais supposée faire une dernière heure de cours aux troisième C, qui m'attendaient sans doute depuis plusieurs minutes dans ma salle.

Sans réfléchir, je me suis dirigée vers le gymnase où Éliane Berthelot devait encore se trouver.

Ses élèves étaient répartis en petits groupes autour des différents agrès. Elle était debout, près des barres asymétriques, elle mimait un exercice avec ses bras pour expliquer le mouvement des jambes, de loin cela m'a paru assez risible.

J'ai traversé l'espace d'un pas rapide. À peine arrivée à sa hauteur, j'ai commencé à hurler, une vraie furie, les mots sortaient de ma bouche en rafales aiguës. Je me foutais de son air effaré, et du frémissement de ses lèvres, je me foutais de l'attroupement qui n'a pas tardé à se constituer, plus rien autour n'existait, ne pouvait m'arrêter (dans les heures qui ont suivi, impossible de me rappeler ce que j'avais dit, ne me revenait en mémoire que le son de ma colère. Mais depuis hier, les mots et les images me rattrapent, la honte aussi). Je crois que j'ai proféré, de manière exhaustive et sans en oublier une seule, toutes les insultes que je connais. Je ne manque pas de vocabulaire. Éliane Berthelot a fini par me gifler. Alors, j'ai entendu « elles vont se battre », et j'ai perçu l'avidité des élèves pour le spectacle inédit que nous nous apprêtions à leur offrir. L'excitation enflait et quelques-uns avaient déjà filé au vestiaire pour récupérer leur téléphone portable.

Soudain, la réalité a repris ses droits. Ce n'était pas un rêve, ni un fantasme, c'était en train de se produire : j'avais interrompu le cours d'Éliane Berthelot pour l'agonir d'injures.

Cécile

Il y a quelques semaines, je suis entrée dans le bureau de William. Je ne cherchais rien de particulier. Chaque matin, quand je me retrouve seule, je fais le tour de l'appartement. Je ramasse ce qui traîne, j'arrose les plantes, je vérifie que tout va bien, que tout est dans l'ordre des choses. J'imagine que toutes les femmes au foyer ont leur petit circuit quotidien, une manière de circonscrire leur territoire, de savoir où se trouve la limite entre le dehors et le dedans. Ce matin-là, donc, j'ai fait ma ronde, comme d'habitude.

Je ne reste jamais longtemps dans le bureau de William, à cause de l'odeur de tabac froid. En général, je me contente d'ouvrir les rideaux et la fenêtre et je reviens en fin de journée pour les refermer. William passe la plupart de ses soirées dans ce bureau et, jusque-là, je pensais qu'il lisait la presse ou préparait ses dossiers. Mais ce matin-là, à peine entrée dans la pièce, j'ai remarqué dans la poubelle une boule de papier froissé. Je ne sais pas pourquoi. Il y a souvent du papier dans la poubelle de William et je n'avais aucune raison de me pencher pour attraper cette feuille ni de la déplier pour la lire. Pourtant, c'est ce que j'ai fait.

Le texte était rédigé de sa main, sur le papier à entête de son entreprise. Les paragraphes avaient été travaillés, corrigés en plusieurs endroits, des mots avaient été substitués à d'autres, une flèche indiquait que le paragraphe du milieu devait être déplacé à la fin. C'était le brouillon de quelque chose qui ne ressemblait pas aux rapports que William écrit pour son travail. Alors j'ai lu, du début à la fin. À vrai dire, je suis restée quelques minutes comme ça, interdite, à lire et relire ces phrases saturées de haine et de ressentiment, ces mots d'une virulence inouïe, je ne pouvais pas croire que William soit capable d'écrire des choses pareilles, c'était impossible, inenvisageable. Pourquoi avait-il reproduit ces lignes nauséabondes ? J'ai essayé d'allumer son ordinateur, je m'accrochais à l'idée que j'allais y retrouver ce texte sous une forme ou une autre et que, pour une raison obscure, il avait recopié les écrits d'un fou. Mais l'accès à l'ordinateur était protégé par un mot de passe. Je suis sortie du bureau, le papier à la main, je ne tenais pas bien sur mes jambes. Je suis allée chercher mon ordinateur portable dans ma chambre et je me suis assise sur le canapé. Ces gestes, je les ai accomplis sans réfléchir, comme si une partie de moi possédait déjà les réponses, comme si cette partie de moi prenait enfin le pouvoir tandis que l'autre refusait l'évidence et luttait pour rester dans l'ignorance. Dans la barre de recherche de Google, j'ai tapé les quatre premières phrases du texte de William et j'ai appuyé sur

« entrée ». Le texte est apparu dans son intégralité. Il avait été mis en page et les corrections envisagées sur le brouillon avaient été intégrées. Le texte était signé Wilmor75. Il m'a fallu quelques minutes pour comprendre que je me trouvais devant un blog que William avait créé sous un nom de plume, et sur lequel il postait régulièrement des réactions, des réflexions, des commentaires à propos de tout.

J'ai ensuite entré ce pseudonyme dans la barre de recherche et j'ai trouvé des dizaines de messages postés par Wilmor sur des sites d'information ou des forums de discussion. Commentaires amers, haineux, orduriers, provocateurs, qui lui ont permis, semble-t-il, d'acquérir une petite notoriété sur les réseaux sociaux. J'ai passé plusieurs heures devant l'écran, sidérée, tremblante, à cliquer de page en page, malgré la nausée qui m'assaillait. Quand j'ai refermé mon ordinateur portable, j'avais mal à la nuque. À vrai dire, j'avais mal partout.

Aujourd'hui je suis capable de décrire cette scène, c'est-à-dire de raconter comment j'ai découvert l'existence du double de William. Mais pendant plusieurs jours, il m'a d'abord été impossible d'évoquer quoi que ce soit, faute de pouvoir prononcer certains mots.

Oui, il m'était impossible d'envisager que « pédale », « pétasse », « crouille », « fion », « fiente », « macaque », et j'en passe, puissent être écrits par mon mari – autrement dit l'homme avec lequel je vis depuis plus de vingt ans –, au milieu de propos dont il serait difficile de nier les connotations racistes, antisémites, homophobes et misogynes. Cette prose trouble, maligne, mais habile, était néanmoins la sienne. Il m'a fallu du temps pour admettre que c'était bien William qui tenait ce blog depuis près de trois ans, et qui commentait dans ces termes l'actualité politique, médiatique, ainsi que les multiples feux de paille qu'Internet embrase chaque jour. Il m'a fallu du temps pour pouvoir évoquer sans détours la nature de ces phrases, c'est-à-dire pour que ces mots, face au docteur Felsenberg, sortent de ma propre bouche, ne serait-ce qu'afin d'en donner quelques échantillons à titre d'illustration.

Je refusais d'admettre que William puisse concevoir et poster de telles horreurs. Et en même temps, c'est comme si je l'avais toujours su.

C'est étrange, d'ailleurs, cette sensation d'apaisement lorsque enfin émerge ce que l'on refusait de voir mais que l'on savait là, enseveli pas très loin, cette sensation de soulagement quand se confirme le pire.

Théo

La nausée légère devient soudain plus forte. Il laisse sa tête basculer dans ses mains, il sait qu'il ne faut pas, il devrait regarder au loin, fixer un point devant lui, mais il est recroquevillé, face au placard, il ne peut plus bouger. Sous l'escalier de la cantine, dans leur cachette, il n'y a aucun point de fuite auquel accrocher son regard. Quand il relève les yeux, ça tangue encore plus. Il respire lentement, avec régularité, il ne doit surtout pas vomir. À cet instant précis, plus rien ne compte, ni la crainte d'être repéré, ni celle de ne plus parvenir à se glisser sous l'armoire pour sortir. Il voudrait juste que cela s'arrête. Que l'étau qui broie son crâne desserre son emprise.

Ce matin, il a pris chez son père une vieille bouteille de Martini dont il restait près d'un tiers. Le sucre avait séché autour du goulot, il a eu du mal à ouvrir le bouchon. Dans le métro, il a juste respiré l'odeur, le nez dans son sac à dos. Il a aimé le parfum suave de l'alcool, il a pensé que ce serait facile de boire plus que la fois précédente.

Afin d'obtenir cette sensation immédiate, démultipliée, de l'ivresse quand il est à jeun, il n'a presque rien mangé à la cantine. Il est seul parce que Mathis est en cours de latin. Il a attendu que tous les élèves soient entrés en classe ou en permanence, puis il s'est avancé vers l'escalier, il a vérifié que personne ne pouvait le voir et s'est glissé dans leur cachette.

La sonnerie retentit. Soudain un brouhaha intense envahit les couloirs. En deçà des rires et des éclats de voix, telle une nappe phréatique que lui seul distingue, il lui semble percevoir les sons avec une acuité inhabituelle : le flot des élèves qui se croisent, le frottement des semelles sur le lino, les vêtements qui s'effleurent, le déplacement de l'air provoqué par cette migration répétée toutes les heures ; un ballet qu'il ne voit pas mais dont il ressent chaque mouvement. Une bouffée de chaleur lui monte à la tête. Pour sortir, il doit tenir encore, sans vomir, attendre d'être capable de s'allonger au sol et de ramper sous l'armoire. Mais à l'instant, il ne peut pas.

Les couloirs se vident, le brouhaha retombe peu à peu. Il sera en retard pour le cours d'anglais. À l'heure qu'il est, Mathis doit commencer à s'inquiéter. Il ne lui a pas dit qu'il allait dans la cachette.

Une pensée fugace traverse son esprit : personne ne sait qu'il est là.

Dans le silence revenu, en position assise, il s'endort.

Quand il se réveille, il n'a aucune idée de l'heure qu'il est. Son portable s'est éteint car il n'a plus de batterie.

Il a pu dormir dix minutes comme deux heures.

Et si c'était le soir ? Et si le collège était fermé ?

Il tend l'oreille. Au loin, il entend une voix forte venue d'une salle de classe. Il respire, soulagé.

Maintenant il peut s'allonger sans avoir l'impression que sa tête roule loin de lui. Dans cette position, il continue de respirer doucement pour contenir la nausée. Il glisse sur le dos, parvient à se placer dans le bon angle et se faufile sous le meuble. Cela se joue à quelques millimètres, il ne doit pas paniquer au moment où son corps progresse sous la masse, car il n'y a pratiquement aucun espace au-dessus de lui.

Il a réussi à sortir. Ça tangue quand il marche, il peine à mettre un pied devant l'autre, avec cette sensation étrange que le sol s'enfonce à chacun de ses pas. Il doit s'appuyer au mur pour avancer.

Il regarde la pendule, l'heure d'anglais est bientôt terminée.

Mathis ne va pas tarder à sortir et va sans doute le chercher.

Lorsqu'il entre dans les toilettes, la nausée le reprend d'un seul coup. Il pousse la porte d'une cabine. Une boule d'aluminium s'est formée sous sa langue, qu'il ne peut déglutir. Elle lui soulève le cœur, et puis son estomac se contracte, il vomit un liquide brun dans la cuvette. Un deuxième jet, plus fort, manque de le faire basculer.

La sonnerie retentit.

Il a juste le temps de se passer de l'eau sur le visage et de se rincer la bouche. De nouveau, le bourdonnement de l'interclasse envahit les couloirs.

Il s'accroche au lavabo pour ne pas tomber, sa tête recommence à tourner.

Il entend des voix et des rires qui approchent.

Il entre de nouveau dans la cabine des toilettes, il ne veut voir personne.

Il se laisse glisser vers le sol, dos au mur, jusqu'à parvenir à cette position semi-assise, dans laquelle il peut se tenir, pas très loin de la cuvette.

Quand le silence revient, c'est la voix de Mathis qu'il entend.

Mathis est là. Mathis le cherche. L'appelle.

Hélène

Nous avons été convoqués par le Principal – nous, c'est-à-dire tous les profs de la classe de cinquième B – pour revenir sur ce qui s'était passé. Monsieur Nemours aurait pu se contenter d'une confrontation entre Éliane Berthelot et moi, mais dans la mesure où l'altercation concernait Théo Lubin, lequel avait déjà fait l'objet d'un signalement de ma part, il avait préféré nous réunir tous.

Il a tenu à rappeler, devant l'ensemble de l'équipe, que mon attitude était inqualifiable. Dans un collège comme le nôtre, un tel dérapage était inadmissible. Éliane Berthelot, qui dans un premier temps avait menacé de porter plainte contre moi auprès du rectorat, voire de la police municipale, s'est finalement ravisée. Elle a réclamé des excuses, que j'ai renouvelées devant l'ensemble de nos collègues. Fallait voir son petit rictus victorieux. Même si cela ne justifie en rien mon attitude, j'ai quand même demandé que soit évoquée la punition qu'elle avait infligée à Théo : est-il opportun d'humilier un garçon de treize ans en lui demandant de courir vêtu d'un survêtement rose Barbie, trop petit pour lui, devant l'ensemble de ses camarades ? Éliane Berthelot ne voyait pas du tout où était le problème. Plus exactement, elle ne voyait pas en quoi c'était humiliant... D'après elle, les oublis répétés de Théo ne sont que pure provocation. Il veut la faire tourner en bourrique, selon sa propre expression. Frédéric a pris la parole pour me soutenir, voix ferme, posée, démonstration en douceur d'autorité naturelle : il pouvait y avoir d'autres explications, qui méritaient d'être étudiées. D'autant que Théo, ces derniers temps, semblait fatigué, voire désorienté, et se réfugiait volontiers à l'infirmerie.

Éliane Berthelot a fini par dire qu'elle n'aimait pas ce garçon, qu'elle éprouvait même à son endroit une certaine antipathie. Le Principal, visiblement contrarié par sa ligne de défense, lui a fait remarquer qu'on ne lui demandait pas d'aimer ses élèves, mais d'enseigner sa matière et de faire preuve d'équité.

Les autres ne sont pas intervenus. Lorsque monsieur Nemours leur a demandé leur avis, ils se sont accordés pour dire qu'ils n'avaient rien remarqué de particulier, si ce n'est que Théo Lubin était un élève très en retrait, dont il était difficile de capter l'attention. Rien de plus. Éric Guibert a signalé que Théo avait séché son dernier cours, alors qu'il était au collège le matin. D'ailleurs, à y regarder de plus près, des absences en milieu de journée ont eu lieu à plusieurs reprises et n'ont jamais été justifiées. Frédéric a terminé le tour de table en racontant qu'il avait vu Théo pleurer, un jour qu'il avait fait écouter à la classe des extraits de *La Flûte enchantée*. Pour finir, le rapport de l'infirmière a été lu par le Principal à voix haute. Malgré tout, il incitait l'ensemble du corps enseignant à une certaine vigilance.

Lorsque le Principal a demandé si nous avions été, les uns ou les autres, en contact avec les parents, mon cœur s'est affolé. Sans y réfléchir, comme les autres, j'ai répondu non.

Alors j'ai senti le regard de Frédéric se poser sur moi, incrédule. Ses lèvres se sont entrouvertes, mais c'est à moi seule que son regard s'adressait et demandait *pourquoi, Hélène, ne dis-tu pas la vérité ?*

Le Principal avait récupéré les fiches de renseignements et remarqué que l'adresse du père ne figurait sur aucun de ces documents. Il a demandé à Nadine Stoquier, la conseillère principale d'éducation, d'obtenir, si possible, les coordonnées complètes des deux parents.

La réunion s'est arrêtée là, personne ne pouvait en dire davantage.

Quand nous sommes sortis du bureau, Frédéric m'a rattrapée. Pendant quelques secondes, il a marché à côté de moi, en silence. Et puis il a posé ses mains sur mes épaules (choc épidermique, courte décharge électrique, aussitôt absorbée par le corps) pour que je m'arrête et que je l'écoute.

— Pourquoi tu n'as pas dit que tu avais vu la mère ?

Je ne connais pas la réponse. Si ce n'est que chacun, autour de cette table comme en dehors du lycée, chaque personne que je croise dans la rue, dans le métro, au pied de mon immeuble, est devenue, depuis quelques semaines, un ennemi. Quelque chose à l'intérieur de moi, ce mélange de peur et de colère qui s'était endormi pendant des années – sous l'effet d'une anesthésie aux apparences de douce somnolence, dont je contrôlais moi-même les doses, délivrées à intervalles réguliers –, quelque chose en moi s'est réveillé.

Je n'ai jamais éprouvé cette sensation sous une forme aussi brutale, aussi invasive, et cette rage que je peine à contenir m'empêche de dormir.

Non, je n'ai pas dit que j'avais convoqué la mère, au risque que le Principal l'apprenne très vite et me reproche de lui avoir menti, au risque qu'il en conclue, à juste titre, que je suis beaucoup trop impliquée dans cette histoire. C'est vrai.

Frédéric est inquiet. Il craint que la mère vienne se plaindre de mes propos. Si on regarde les choses de son point de vue, je l'ai convoquée sans motif et alarmée de manière irrationnelle.

J'aurais aimé qu'il m'enveloppe de ses bras. Pour quelques minutes, laisser basculer le poids de mon corps contre le sien. Prendre appui. Respirer son odeur, sentir les muscles de mon dos, de mes épaules, se relâcher. Non, bien sûr, pas longtemps.

En sortant du lycée, je n'avais aucune envie de rentrer chez moi. J'ai marché au hasard, entraînée par mon propre mouvement, traversant ici ou là, pour ne pas m'arrêter. La colère n'était pas redescendue, elle battait sous la peau, dans chaque partie de mon corps. Tant que je ne percevais pas les signes de l'épuisement, j'étais incapable de prendre le chemin du retour.

Je suis rentrée tard, je me suis écroulée sur mon lit tout habillée.

Cécile

L'autre jour, Mathis m'a surprise dans la cuisine, je ne l'avais pas entendu rentrer. Il est arrivé derrière moi.

— Tu parles toute seule maman ?

J'ai été prise de court.

— Non, mon chéri, je parle avec la voisine du dessous qui est là mais que tu ne vois pas.

Il a eu une seconde de doute, et puis il a ri. Mathis a l'humour de son père, je veux dire quand son père avait encore de l'humour. Il a ouvert les placards, il cherchait quelque chose pour le goûter mais ne semblait pas savoir quoi.

Un peu plus tard, après quelques circonvolutions, il m'a demandé s'il pouvait inviter Théo à dormir chez nous le week-end prochain. Je n'ai pas su quoi répondre, parce que samedi soir nous sommes invités, William et moi, à dîner chez des amis, et cela m'embête de les laisser seuls, tous les deux. J'ai dit que j'allais y réfléchir et que j'en parlerais à son père. Je dis souvent cela, « j'en parlerai à ton père », mais aujourd'hui cette phrase résonne dans toute son absurdité. Que peut conclure un garçon de treize ans d'une phrase aussi stupide ? Que je suis une épouse soumise à la perspicacité de son mari ? Que le masculin l'emporte sur le féminin ? Que c'est William qui décide de tout ? Que je me réfugie derrière cette autorité, réelle ou fictive, pour ne pas assumer mes propres décisions ? Que nous partageons tout, son père et moi ? Je me suis sentie pitoyable.

Quiconque vit ou a vécu en couple sait que l'Autre est une énigme. Je le sais aussi. Oui, oui, oui, une part de l'Autre nous échappe, résolument, car l'Autre est un être mystérieux qui abrite ses propres secrets, et une âme ténébreuse et fragile, l'Autre recèle par-devers lui sa part d'enfance, ses blessures secrètes, tente de réprimer ses troubles émotions et ses obscurs sentiments, l'Autre doit comme tout un chacun apprendre à devenir soi, et s'adonner à je ne sais quelle optimisation de sa personne, l'Autre-cet-inconnu cultive donc son petit jardin secret, mais oui, bien sûr, tout cela je le sais depuis longtemps, je ne suis pas tombée de la dernière pluie. Je lis des livres et des magazines féminins. Vaines paroles, lieux communs sans partage, qui ne procurent aucune consolation. Car nulle part je n'ai lu que l'Autre-cet-inconnu, celui-là même avec lequel vous vivez, dormez, mangez, faites l'amour, celui-là même avec lequel vous croyez être en accord, en phase, voire en harmonie, se révèle être un étranger qui abrite les pensées les plus abjectes et tient des propos qui vous éclaboussent de honte. Que faire lorsque vous découvrez que cette part de l'Autre qui émerge du néant semble avoir scellé un pacte avec le diable ? Que faire lorsque vous comprenez que l'envers du décor trempe dans un marécage aux remugles d'égout ?

Je n'aurais pas dû ramasser la boule de papier froissé. Je le sais. J'aurais dû rester dans cette ignorance douce et aveugle, et continuer de me parler à moi-même – faute de mieux – pour me rassurer, m'autocongratuler, m'apaiser.

Mais jusqu'à quand ?

Le temps de l'innocence est bel et bien révolu. Je ne peux m'empêcher d'aller voir. Tous les matins, dès que Mathis part pour le collège et William pour son bureau, je me jette sur l'ordinateur. Je commence par son blog, sur lequel il publie des textes de manière irrégulière, puis je fais le tour des sites et des forums sur lesquels, en revanche, il poste des commentaires presque chaque jour. Parfois même plusieurs fois par jour, quand la discussion s'installe et que, dans une vaine surenchère d'agressivité, il répond à d'autres. Sur la toile, Wilmor75 sème son mépris et crache son venin. Afin de déjouer la censure, il use de métaphores sinueuses et d'habiles sous-entendus. Il sait doser ses propos en fonction des sites sur lesquels il se répand, et semble ne jamais avoir été inquiété.

Je ne connais pas l'homme qui écrit ces mots.

Mon mari n'est pas comme ça. Mon mari n'utilise pas ce genre de vocabulaire. Mon mari ne peut abriter en lui-même la fange puante qui suinte de ces lignes. C'est un homme bien élevé. Il vient d'un milieu aisé, éduqué. Mon mari ne passe pas des soirées entières à déverser des torrents de boue pour s'y vautrer. Mon mari n'est pas le genre d'homme à ironiser, conspuer et vomir sur tout. Mon mari a mieux à faire. Mon mari n'est pas cet homme qui s'isole presque chaque soir pour que le pus fétide puisse sortir de sa plaie.

Mon mari était drôle, spirituel et beau. J'aimais son sang-froid et son sens de la repartie. Il parlait bien. Mon mari était un homme flamboyant et généreux. Mon mari me racontait des tas d'histoires, grandes et petites. Mon mari s'intéressait à la vie des autres, et à la mienne aussi.

J'essaie d'expliquer au docteur Felsenberg ce sentiment de trahison qui m'assaille au cœur de la nuit. Oui, William m'a trahie. William m'a caché cette part de lui-même avide de pugilat, prête à tout détruire, qui écrit le contraire de ce qu'il pense ou de ce qu'il prétend penser.

Le docteur Felsenberg me pousse dans mes retranchements. Il me demande si William connaît tout de ma vie, de mes zones d'ombre.

Bien sûr que non. Mais ce n'est pas pareil.

— Ah bon ? fait-il semblant de s'étonner.

— Je ne vous parle pas d'un fantasme inavoué ou d'un jardin secret. Je vous parle de tombereaux d'immondices déversés dans un espace public.

— Mais s'il vous les cache, c'est peut-être qu'il en a honte ?

— Ou bien il me croit trop stupide pour comprendre. Jusque-là, William ne s'est jamais gêné pour me rendre complice.

— De quoi ?

— De ses petits arrangements avec le réel.

— Lesquels ?

— Ceux qui scellent tous les couples, j'imagine.

— Par exemple ?

Il m'agace, avec ses fausses questions. Je réponds néanmoins.

— Tous les couples se conforment à des règles et des usages, généralement implicites. Non ? C'est une sorte de contrat tacite qui unit deux êtres, quelle que soit la durée de cette union. Je parle de ces combines plus ou moins grossières que l'on fomente, à deux, sans jamais les formuler. Des accommodements avec le réel, oui, par exemple avec la vérité même.

— C'est-à-dire ?

— Eh bien, par exemple, dans un dîner. Le mari raconte une anecdote qui est arrivée au couple ou à la famille : l'incroyable coup de foudre grâce auquel ils se sont rencontrés, la grève des avions déclenchée la veille de leur voyage de noces, la tempête de 1999 alors qu'ils inauguraient leur nouvelle voiture sur une route nationale dans le Nord, ou encore ce jour où ils se sont retrouvés dans une maison sans eau qui ne correspondait en rien à celle qu'ils avaient louée sur un site de vacances, ou bien celui où leur fille est tombée du grand toboggan du parc de la Villette. Bref, le mari raconte quelque chose qu'ils ont vécu ensemble. Comme il aime faire son petit effet, il enjolive un peu,

voire davantage, il ajoute quelques détails sensation-
nels pour que l'histoire soit plus drôle, plus frap-
pante. Il exagère. Il transforme. Il suppose, ce faisant,
que sa femme va faire de ses mensonges les siens. Il
suppose, à juste titre, qu'elle va se taire et devenir sa
complice. Et c'est ce qu'elle fait.

— Ah bon ?

— Pas vous ? Vous contredisez votre femme en
public quand elle en rajoute un chouille ?

(Je sais que le docteur Felsenberg est marié car il
porte une alliance.)

Il sourit. Je poursuis sur ma lancée.

— Moi je crois que ce contrat tacite existe dans
tous les couples. À des degrés divers. Disons que les
clauses de confidentialité sont plus ou moins longues.
Et ces faits d'armes, plus ou moins revisités, finissent
par construire une sorte de roman familial. Une épo-
pée. Car au bout d'un moment, on finit par y croire.

Le docteur Felsenberg est resté silencieux.

Alors j'ai ajouté cette phrase, dont j'ignore si elle
était la conclusion de ce qui précédait ou le début
d'un raisonnement qu'il me reste à tenir.

— En fait, le couple est une association de malfaiteurs.

Il a attendu quelques secondes avant de relancer.

— Le problème est que cette fois vous n'êtes pas
associée. Et que d'ailleurs vous ne souhaitez pas
l'être. Car ce récit est hors contrat. Finalement, cette
fois, on pourrait dire que votre mari n'a pas voulu
vous compromettre. Il n'a pas cherché votre compli-
cité.

— C'est vrai. Mais le problème, c'est que je l'ai vu.

Il a décidé que nous arrêterions la séance sur ces mots.

Je commence à connaître ses interruptions d'expert et ses sournoises stratégies. Il s'est dit que j'allais me débrouiller toute seule avec mes aphorismes de bas étage et ce qu'ils contiennent de sens cachés. Que cela ferait son chemin.

Oui, des malfaiteurs nous sommes. Sans doute. Si on va par là. Nous négocions sans relâche, nous pratiquons la concession, le compromis, nous protégeons notre progéniture, nous obéissons aux lois du clan, nous louvoyons, nous mijotons notre petite cuisine. Mais jusqu'où ? Jusqu'où peut-on être complice de l'autre ? Jusqu'où doit-on le suivre, le protéger, le couvrir, voire lui servir d'alibi ?

Voilà la question que le docteur Felsenberg ne m'a pas posée. Celle qui était contenue dans mes propres paroles et dont il est certain qu'elle finira par me rattraper.

Oui, j'aime mon mari. Enfin je crois.

Mais il est devenu si difficile de l'aimer.

Les gens se transforment-ils à ce point ? Chacun de nous abrite-t-il quelque chose d'innommable susceptible de se révéler un jour, comme une encre sale, *antipathique*, se révélerait sous la chaleur de la flamme ? Chacun de nous dissimule-t-il en lui-même ce démon silencieux capable de mener, pendant des années, une existence de dupe ?

J'observe mon mari à la table du dîner, et je m'interroge : le monstre en lui laissait-il percevoir son odeur, ses manières, et l'écho de sa colère que je n'ai pas su reconnaître ?

Est-ce moi qui ai changé ? Est-ce moi qui ai fait de lui cet être amer et saturé de bile ?

Mathis

Il n'est plus sûr de trouver cela si drôle.

Au début, il y avait ce frisson le long de son dos, l'accélération de son rythme cardiaque, cette décharge d'adrénaline qu'il sentait se propager dans tout son corps, chaque fois que Théo et lui parvenaient à se cacher. Derrière l'armoire, ils avaient rendez-vous avec l'ivresse. Une excitation semblable à celle qu'il éprouvait, petit garçon, quand sa mère l'emmenait au manège et qu'il grimpait dans l'hélicoptère qui montait et descendait sans cesse, jusqu'à l'étourdissement.

Mais maintenant, il n'a plus très envie. Il craint d'être vu, de rester coincé derrière l'armoire, de vomir comme Théo, et que sa mère découvre qu'il a recommencé. Il n'ose pas dire à son ami qu'il a peur. Qu'il préférerait arrêter. Parce que Théo n'a plus que cela en tête, trouver les moments où ils pourront boire, échapper à l'attention, s'isoler. Augmenter les doses, boire plus vite. Les autres jeux qu'ils avaient inventés ou partagés quand ils se sont rencontrés ont cédé la place à cette partie que Théo mène seul contre lui-même. Mathis regrette ce temps d'avant, quand ils échangeaient des cartes, partageaient des revues, se racontaient les films ou les vidéos qu'ils avaient adorés. Il ne sait plus très bien comment cela a commencé, comment l'alcool a fait son apparition, peut-être par Hugo, la toute première fois. Ce dernier avait découvert un fond de bouteille laissé par son frère et l'avait caché dans son sac. Ils avaient bu, chacun son tour, et ils avaient beaucoup ri.

Boire était un jeu. Au début. Un jeu clandestin qu'ils partageaient tous les deux.

À présent Théo ne pense plus qu'à ça. À peine Mathis met-il un pied dans l'enceinte du collège qu'il doit répondre aux questions pressantes de son ami : a-t-il trouvé l'argent ? a-t-il récupéré une flasque ? combien il en reste ?

Il y a deux semaines, Théo a reçu un billet de vingt euros de sa grand-mère. Ils ont commandé auprès de Baptiste, le frère d'Hugo, une grande bouteille de whisky que ce dernier ne leur a toujours pas livrée.

Aujourd'hui, madame Destrée a organisé une sortie au Jardin des plantes. Elle a choisi de les emmener à la Grande Galerie de l'Évolution afin qu'ils participent à l'atelier « Comment classer le vivant ? ».

Ce matin, avant de partir, elle a fait l'appel et ensuite elle a demandé à chaque élève d'enregistrer son numéro de portable au cas où l'un d'entre eux se perdrait. Ils ont quitté le collège tous ensemble. Ils ont marché jusqu'au métro.

Théo n'est pas venu. Mathis était déçu, mais finalement l'atelier lui a beaucoup plu. À partir de l'observation de plusieurs espèces animales, ils ont découvert les attributs que celles-ci ont en commun et la méthode que les scientifiques utilisent pour classer les espèces.

Il aimerait devenir vétérinaire.

Sur le chemin du retour, alors que la classe marche vers le collège (il n'est pas question de s'éparpiller dans la nature, car les élèves doivent être comptés au retour de la visite), madame Destrée lui pose des questions. Elle veut savoir pourquoi Théo ne participe à aucune sortie.

A-t-il peur de quelque chose ? Est-ce que quelqu'un lui interdit d'y participer ?

Mathis répond poliment qu'il ne sait pas.

Comme elle laisse le silence s'installer, il se sent obligé d'ajouter : peut-être parce qu'il n'a pas l'argent.

Il aimerait bien rejoindre le petit groupe des filles qui marchent un peu plus loin, mais madame Destrée n'a pas l'intention de le laisser s'échapper. Elle a d'autres questions. Elle dit qu'elle trouve Théo triste, fatigué. Pendant quelques minutes, Mathis se demande si elle ne les a pas repérés, ou si elle ne se doute pas de quelque chose, mais en fait, elle veut savoir s'il est déjà allé chez Théo, s'il a déjà vu ses parents. Mathis s'attache à répondre le plus laconiquement possible, pourtant il perçoit l'inquiétude de madame Destrée.

Alors qu'ils approchent du collège et qu'elle marche toujours près de lui, perdue maintenant dans ses pensées, avec l'air de quelqu'un qui cherche la solution d'une énigme qui lui échappe, il est sur le point de lui dire, comme ça, sans autre explication : « Théo boit de l'alcool comme s'il voulait en mourir. » Cette phrase tourne dans sa tête depuis plusieurs minutes, grave, solennelle, impossible à prononcer.

Rose les rattrape soudain et, à peine parvenue à leur hauteur, demande si le prochain contrôle portera sur la sortie.

Madame Destrée soupire. Non, il n'y aura pas de contrôle.

Mathis continue de se taire.

C'est trop tard.

Il aurait dû raconter ce qu'il a vu, ce jour où il a raccompagné Théo chez son père.

C'était la première fois qu'il entrait dans l'appartement. Auparavant, Théo ne l'avait jamais invité à monter, et chaque fois qu'il était venu le chercher, il était resté en bas.

Ce jour-là, Théo s'était glissé tout seul derrière l'armoire. Il s'était rendu malade avec le Martini. Il avait fini par sortir et vomir dans les toilettes du collège. Mathis l'avait trouvé là, incapable de tenir debout. Il lui avait proposé de s'appuyer sur lui, l'avait aidé à récupérer ses affaires dans son casier et l'avait guidé dans les escaliers. Ils ont pris le métro ensemble, se sont arrêtés plusieurs fois sur le parcours, à cause de la nausée, puis ils ont avancé doucement jusqu'à son immeuble. Une fois au pied de la tour, Théo a tenté de dissuader Mathis de monter, mais il n'arrivait pas à marcher seul. Il n'a pas eu d'autre choix que de lui indiquer le code, l'étage et le numéro de l'appartement.

C'est Mathis qui a mis la clé dans la porte. L'appartement était plongé dans l'obscurité, les rideaux étaient tirés. Aussitôt, l'odeur l'a saisi à la gorge. L'air était âcre, vicié. Les fenêtres n'avaient pas dû être ouvertes depuis longtemps.

Théo a crié :

— Papa, c'est moi. Je suis avec un ami.

Peu à peu, les yeux de Mathis se sont habitués à l'obscurité et il a commencé à distinguer ce qui l'entourait. Il n'avait jamais vu un tel désordre. Des affaires jonchaient le sol, un peu partout, semblant avoir été abandonnées là, au milieu de la pièce, dans le passage, comme si le temps s'était arrêté. La table était recouverte de miettes, de pots de yaourt vides, de couverts sales, d'assiettes empilées, de bols au fond desquels des liquides de couleurs différentes avaient séché. À côté du canapé, un reste de pizza s'était racorni dans une assiette.

Théo a entrepris de ranger ce qui traînait mais ses gestes étaient maladroits, il a failli casser un verre et s'est arrêté.

C'était peine perdue.

Le père de Théo est apparu dans le salon, pieds nus, il a plissé les yeux comme s'il devait s'acclimater à une forte lumière, pourtant seul l'entrebâillement du rideau éclairait la pièce. Il portait une sorte de pantalon mou, dont Mathis n'aurait su dire s'il s'agissait d'un pyjama ou d'un survêtement, qui lui tombait sur les hanches. On aurait dit l'homme des cavernes dans la bande dessinée sur l'histoire de l'humanité que sa mamie lui a offerte.

Mathis s'est présenté poliment, comme sa mère lui a appris à le faire, et puis il s'est tu. Le père de Théo lui faisait peur. Il s'est assis à la table, il les a regardés, l'un après l'autre, sans remarquer l'état de son fils. La mère de Mathis, avec son radar, n'aurait jamais laissé passer ça.

— Alors, les garçons, ça va ?

Théo s'est tourné vers Mathis et lui a dit qu'il pouvait s'en aller.

Il l'a remercié, plusieurs fois, d'être monté, d'avoir fait le trajet jusque-là, il n'en pensait sans doute pas un mot. Il aurait aimé que Mathis disparaisse, qu'il ne soit jamais venu. Il avait honte et Mathis ressentait cette honte comme si c'était la sienne.

Les yeux baissés, le père de Théo ne disait rien, figé dans une position étrange, de contemplation et de repli.

C'est à ce moment-là que Mathis a remarqué la gazinière. L'un des feux était allumé, en position haute, mais aucune poêle ni casserole ne couvrait la flamme. De là où il était, il pouvait entendre la combustion du gaz qui l'alimentait.

Au moment de partir Mathis est parvenu à regarder le père de Théo pendant plusieurs secondes, il a enregistré la couleur étrange de sa peau, et le tremblement de ses mains. Il ne devait oublier aucun détail. Mais pourquoi cette idée lui est-elle venue à l'esprit ? Peut-être parce qu'il y avait cette flamme dansante, inutile, à quelques mètres d'eux, que personne ne semblait voir.

Mathis s'est levé et il a dit :

— Votre gaz, là-bas, il est allumé...

Théo s'est alors tourné vers son père et lui a parlé comme à un enfant qu'il aurait grondé.

— Encore, papa... T'as voulu préparer quelque chose à manger ?

Le père de Théo n'a pas répondu. Son regard était dilué dans quelque chose de très vaste, inaccessible, et la salive avait séché aux commissures de ses lèvres.

Théo s'est approché de la gazinière pour éteindre. Sur un ton d'excuse, son père a dit :

— J'avais froid.

Mathis a demandé s'il pouvait avoir un verre d'eau et son ami a été obligé d'allumer la lumière. Il est revenu vers lui en lui tendant le verre qui gouttait par terre. Son regard nouait entre eux un pacte de silence.

Théo a poussé Mathis vers la sortie. La porte s'est refermée sur un dernier merci. Mathis avait encore le verre à la main. Il a hésité à sonner, mais finalement il a décidé de poser le verre près du paillasson.

Il a repris le chemin du métro.

En marchant, il s'est souvenu que petit, lorsqu'il ramassait des cailloux avec Sonia dans le bois de Vincennes, il racontait que c'étaient des moineaux blessés. Il les tenait avec précaution, il les caressait du bout du doigt, parfois même il leur parlait pour les réconforter. Il leur promettait de guérir, de grandir, il leur disait qu'ils pourraient bientôt s'envoler. Et quand chaque caillou avait absorbé la chaleur de sa paume, quand il semblait rassuré, il le mettait dans sa poche avec les autres cailloux qu'il venait de sauver.

Théo

Est-ce que sa mère a toujours été cette femme à fleur de peau, capable de changer d'humeur en quelques secondes, à distance de laquelle il se tient ? Il ne le sait pas. Il a cessé de se blottir contre elle devant la télévision, de passer ses bras autour de son cou pour lui dire bonne nuit, de chercher le contact de sa main sur sa joue. Il a cessé de l'embrasser. Il a grandi et il s'est éloigné de son corps.

Depuis qu'elle ne pleure plus, elle a toujours ce visage tendu, lèvres pincées, regard aux aguets. Elle est sur ses gardes, prête à se défendre, à répondre, à en découdre. Elle ne lâche rien. Il est rare qu'il la voie rire, et quand cela arrive parfois – comme la semaine dernière, le soir où l'une de ses amies est venue dîner –, il est émerveillé par son visage, qui soudain paraît plus jeune, plus doux.

Ce qu'il perçoit surtout, c'est ce caillot de haine que sa mère a gardé en elle-même, qui ne s'est jamais résorbé. Il sait que le caillot est là, qu'il suffit de quelques mots pour qu'il s'ouvre en deux et que se répande le sang noir qu'il contient. Il sait que cette haine est le fruit pourri d'une blessure.

Lorsqu'il revient chez elle, après une semaine passée chez son père, une fois qu'il a déposé les affaires dans le bac à linge sale et pris sa douche, une fois qu'il a éliminé sur lui toute trace de l'adversaire, il peut lui faire face. Et chaque fois, à ce moment précis, il voudrait s'approcher d'elle et, à voix basse, tout avouer. Il voudrait lui dire à quel point il a peur pour son père, à quel point il ressent cette puissance obscure qui l'écrase et le maintient au sol. Il sait que son père se rapproche chaque jour d'une zone dangereuse dont on ne revient pas.

Il voudrait se réfugier dans les bras de sa mère. S'apaiser dans les effluves de son parfum. Mais toujours il se heurte à la rigidité de son dos, bras le long du corps, nuque tendue, ses gestes sont secs, rapides, elle ne peut pas l'envelopper, elle a du mal à le regarder, elle est tout entière occupée à cela : admettre en son domaine le fils revenu du pays honni.

Alors, cette fois encore, il renonce.

Il ne dira rien.

Ce n'est pas grave. Cela va s'arranger. Son père va aller mieux. Il va l'aider.

La semaine prochaine, il ne se laissera pas intimider. Il ne laissera pas traîner les papiers froissés et les bols entassés, il passera l'éponge sur la table et il jettera les pots de yaourt vides.

Et puis il allumera l'ordinateur, il cherchera pour son père des offres d'emploi sur les sites spécialisés, il entrera ses critères de sélection, il l'appellera pour qu'il vienne voir.

Parfois, il se demande si cela vaut vraiment la peine d'être adulte. *Si le jeu en vaut la chandelle*, comme dirait sa mamie, qui remplit des colonnes d'arguments « pour » et « contre », séparées par un grand trait tracé à la règle, lorsqu'elle doit prendre une décision importante. Lorsqu'il s'agit de devenir adulte, les deux colonnes sont-elles équivalentes ?

Contrairement à la plupart des aliments, l'alcool n'est pas digéré. Il passe directement du tube digestif aux vaisseaux sanguins. Seule une minuscule fraction des molécules de l'alcool est métabolisée par les enzymes de l'intestin, c'est-à-dire brisée en fragments plus petits. Le reste traverse la paroi de l'estomac ou de l'intestin grêle et circule aussitôt dans le sang. En quelques minutes, le sang transporte l'alcool dans toutes les parties du corps. Ils l'ont vu au cours de madame Destrée.

C'est dans le cerveau que les effets se font sentir le plus vite. L'inquiétude et la peur refluent, et parfois même disparaissent. Elles laissent la place à une sorte de vertige ou d'excitation qui peut durer plusieurs heures.

Pourtant Théo voudrait autre chose.

Il voudrait atteindre ce stade où le cerveau se met en veille. Cet état d'inconscience. Que cesse enfin ce bruit aigu que lui seul entend, qui surgit la nuit et parfois au milieu du jour.

Pour cela, il faut quatre grammes d'alcool dans le sang. À son âge, sans doute un peu moins. D'après ce qu'il a lu sur Internet, cela dépend aussi de ce que l'on mange, de la vitesse à laquelle on boit.

Cela s'appelle le coma éthylique.

Il aime ces mots, leur consonance, leur promesse : un moment de disparition, d'effacement, où l'on ne doit plus rien à personne.

Mais chaque fois qu'il s'en est approché, il a vomi avant d'y parvenir.

Hélène

Il y a eu toute une histoire l'autre jour au collège, il semblerait que des élèves aient pris l'habitude de se glisser derrière l'armoire qui obstrue la partie vacante sous l'escalier de la cantine, une femme de ménage y a retrouvé des papiers de je-ne-sais-quoi, qui n'y étaient pas la semaine précédente et qui, assure-t-elle, ne pouvaient avoir été jetés depuis les marches. Selon ses dires, ce n'était pas la première fois. Le Principal a aussitôt pris des mesures pour condamner l'accès. Deux sacs de ciment ont été glissés sous l'armoire. D'une part, les élèves ne sont pas supposés échapper à notre vigilance, d'autre part, si d'aventure l'un d'entre eux restait coincé, cela pourrait être dangereux. Quand on m'a montré le lieu du délit, le passage avait été rendu impossible. Je me suis dit qu'il fallait être fin et agile pour se glisser là-dessous, et avoir vraiment besoin de se cacher.

C'est le genre d'événement qui agite notre microcosme pendant quelques jours, chacun y va de son analyse ou de ses hypothèses. Il faut bien se distraire.

Ce jour-là, Frédéric m'a attendue à la sortie des cours. Il voulait me parler. Le mardi, nous terminons à la même heure. Il m'a dit qu'il me trouvait vraiment tendue, fatiguée. Il ne sait pas si c'est cette histoire qui me met dans cet état, ou quelque chose d'autre, quelque chose que mon obsession aurait réveillé ou qui aurait réveillé mon obsession. C'est lui qui a employé ce terme, obsession. Et je le connais suffisamment pour savoir qu'il utilise les mots à bon escient.

Il y a quelques années, Frédéric m'a prise dans ses bras. Nous sortions d'un conseil de classe éprouvant, plusieurs désaccords nous avaient opposés, lui et moi, à d'autres professeurs de la classe de troisième E. J'étais épuisée. Épuisée de voir des élèves orientés vers des voies dont nous savons pertinemment qu'elles seront pour eux des impasses, là où il reste de la place, là où cela coûte le moins cher, parce qu'il n'y a aucun risque que leurs parents débarquent au collège pour faire un scandale. Pendant le conseil, j'étais intervenue à plusieurs reprises. Je m'étais étonnée, indignée, insurgée, j'étais montée au créneau et Frédéric m'avait soutenue. Nous avions obtenu gain de cause pour trois élèves, auxquels nous avions évité l'une de ces orientations par défaut, par paresse ou par renoncement, qu'ils n'ont en aucun cas choisie. En sortant, Frédéric m'a proposé de boire un verre. J'ai accepté. Il me plaisait depuis longtemps, mais je savais qu'il était marié. Sa femme souffre d'une maladie grave depuis la naissance de leur deuxième enfant. Voilà ce qui se dit encore aujourd'hui – à mots couverts –, dans la salle des profs, quand il n'y est pas. Et que ce n'est pas le genre de type à laisser tomber une femme malade.

Nous avons bu quelques verres pour fêter nos minuscules victoires, et après nous être rejoué les échanges du conseil, imitations à l'appui, nous avons parlé de nos vies.

Tard dans la soirée, dans la rue qui menait au métro, Frédéric m'a enlacée. Nous sommes restés comme ça, longtemps. Je me souviens qu'il caressait mes hanches, mes fesses, mes cheveux. À travers le tissu fluide de ma jupe à fleurs, je sentais son sexe durcir contre ma cuisse. Il ne m'a pas embrassée.

Cela aurait pu être le début d'une liaison. Trop dangereuse pour nous deux. C'est ce qu'il m'a dit, quelques jours plus tard. Qu'il ne voulait pas tomber amoureux.

Lorsque j'ai raconté cela à mes amies, elles ont ri. Prétexte masculin. Fuite typique de l'homme marié. Cela serait sans doute vrai si nous avions couché ensemble. Mais ce n'était pas le cas.

Nous sommes devenus des collègues solidaires et complices. Nous partageons les mêmes convictions, les mêmes combats. Faire front, faute de mieux. C'est déjà ça.

Frédéric me connaît, c'est vrai, même si nous n'avons jamais mêlé nos salives. Mais il se trompe. Ce n'est pas pour moi qu'il faut s'inquiéter.

Cécile

Compte tenu des circonstances, j'ai longtemps hésité avant d'accompagner William à ce dîner. L'idée de me tenir à côté de lui, en public, de donner à observer notre couple, ou ce qu'il en reste, de me rendre complice de cette comédie, me faisait peur. Mais je ne trouvais pas de prétexte valable pour m'y soustraire. Nous sortons si peu. Cela aussi s'est fait progressivement. Nous sommes invités de moins en moins souvent, nous n'allons plus au cinéma, nous ne dînons plus jamais au restaurant. Je ne sais pas dater le début de la fin de notre vie sociale. Comme beaucoup de choses, le fait est que je suis incapable de dire quand cela a commencé – à s'espacer, à se tarir, à s'assoupir –, ou quand cela s'est arrêté. Tout se passe comme si j'émergeais d'une étrange torpeur. D'une anesthésie générale. Et cette question qui revient sans cesse : comment ai-je pu ne pas m'en rendre compte plus tôt ?

Les derniers temps, je veux dire quand nous sortions encore, William trouvait toujours quelque chose à redire : les gens parlaient trop, se prenaient au sérieux, ne posaient pas de question. Ce en quoi il n'avait pas toujours tort. À vrai dire, nous rendions très rarement les invitations. William n'aime pas que les gens viennent chez nous. Je crois qu'il craint, en laissant voir l'endroit où nous vivons, en donnant accès à notre intérieur, que soit révélée notre imposture. Ou plus exactement, la mienne. Il craint le détail, le faux pas, qui aurait trompé sa vigilance et révélerait le milieu d'où je viens. Car on y commet des fautes de français mais aussi des fautes de goût. Qui, pour certaines, lui ont sans doute échappé. Ce n'est pas faute (justement) d'imposer ses idées. Et de m'avoir demandé de descendre à la cave quelques objets qui ne lui semblaient pas dignes de notre appartement. De toute façon, William n'a jamais aimé recevoir. Même au début. Il a toujours rechigné.

Cette fois, il s'agissait d'un dîner semi-professionnel et mon mari m'a laissée entendre que c'était important pour lui. Charles, notre hôte, travaille aussi pour le groupe, mais dans une autre société. Anaïs, sa femme, est avocate spécialisée dans le droit des entreprises. Nous les avons vus deux ou trois fois, mais ce ne sont pas des amis. Ils ont déménagé il y a quelques mois et tenaient à nous recevoir dans leur nouvel appartement. Nous sommes donc partis vers vingt heures, laissant Mathis et Théo à la maison. Pour finir, notre fils n'avait eu aucun mal à obtenir gain de cause : puisque nous sortions, plutôt que de rester seul, il pouvait bien inviter un ami.

Anaïs et Charles recevaient un autre couple que nous ne connaissions pas.

Nous nous sommes installés autour de la table basse pour boire l'apéritif. Nous avons échangé quelques nouvelles et puis, comme toujours, je suis devenue transparente. J'ai l'habitude. À quelques détails près, le scénario est le même. On me pose généralement deux ou trois questions, puis une fois que je dis que je ne travaille pas, la conversation glisse sur quelqu'un d'autre et ne revient jamais vers moi. Les gens n'imaginent pas qu'une femme au foyer puisse avoir une vie, des centres d'intérêt, et encore moins des choses à dire. Ils n'imaginent pas qu'elle puisse prononcer plusieurs phrases sensées au sujet du monde qui nous entoure, ni être en mesure de formuler une opinion. Tout se passe comme si la femme au foyer était, par définition, assignée à résidence et que son cerveau, ayant souffert d'avoir été trop longtemps privé d'oxygène, fonctionnait au ralenti. Les invités découvrent d'ailleurs avec une certaine crainte qu'ils vont devoir supporter à leur table une personne retirée du monde et de la civilisation, et qui, en dehors des sujets purement pratiques ou domestiques, ne pourra prendre part à aucune véritable conversation. Assez vite, donc, je suis exclue de l'assemblée. On ne m'adresse plus la parole et, surtout, on ne me regarde plus. Le plus souvent, je me laisse absorber par la peinture des murs ou les motifs du papier peint, je suis les lignes de fuite et je disparais.

À vrai dire, pour différentes raisons, William apprécie que je sois une femme silencieuse.

Mais ce samedi, au milieu du dîner, mon mari a commencé à raconter une anecdote. William a toujours aimé que l'attention soit concentrée sur lui. Il aime ce moment où le silence se fait autour de la table, où les regards convergent à son endroit, où chacun montre des signes d'intérêt. Une forme d'allégeance collective. Mon esprit vagabondait, je suivais de loin ses propos. Il était question d'un congrès en province et d'un dîner très arrosé. Ils s'étaient attardés dehors avec quelques collègues, tous très éméchés, lorsqu'une jeune femme qui avait participé au colloque, mais qu'ils ne connaissaient pas, était passée devant eux. L'un d'eux l'avait interpellée, pour rigoler.

Le ton que William employait pour parler de cette femme m'a sortie de ce flottement intérieur et familier dans lequel je m'étais réfugiée.

« ... tu peux me croire qu'elle serrait les fesses ! » a-t-il lancé au moment où je revenais pleinement à la conversation.

Tout le monde a ri. Les femmes aussi. Je suis toujours étonnée que les femmes rient à certaines blagues.

— Ah bon, l'ai-je interrompu, elle serrait les fesses ? Cela te surprend ?

Je ne lui ai pas laissé le temps de répondre.

— Tu veux que je t'explique pourquoi ?

Il regardait les autres l'air de dire : voilà de quel genre de femme le destin m'a affublé.

— Parce que vous étiez quatre mecs bourrés dans une zone d'activité déserte, pas loin d'un hôtel Ibis ou Campanile quasiment vide. Eh bien oui, William, cela fait sans doute partie des différences essentielles entre les hommes et les femmes, fondamentales, même : les femmes ont de très bonnes raisons de serrer les fesses.

Un silence gêné a parcouru la table. J'ai vu que William hésitait entre me faire préciser ce que je voulais dire (au risque que je me ridiculise devant ses amis si, par exemple, sous le coup de l'émotion, j'étais rattrapée par l'une de ces tournures de phrases qu'il ne supporte pas) ou balayer ma remarque d'un revers de main et poursuivre son récit. Il m'a demandé, à peine condescendant :

— Que veux-tu dire ma chérie ?

(Dois-je ajouter que William utilise cette expression, *ma chérie*, pour répondre aux femmes qui le contredisent sur les réseaux sociaux ou qui s'insurgent à la lecture de ses propos ? Par exemple, il écrit « *ma chérie* regarde autour de toi, la plupart des mecs sont des tafioles » ou « *ma chérie* va te faire enculer par un feuj pharmacien, c'est leur spécialité ».)

Je me suis adressée à William mais aussi aux deux autres hommes de l'assemblée.

— Est-ce que vous serrez les fesses lorsque vous croisez un groupe de jeunes filles manifestement ivres en pleine nuit ?

Le silence épaississait à vue d'œil.

— Eh bien non. Parce que jamais aucune femme, même ivre morte, n'a posé sa main sur votre sexe ou vos fesses, ni accompagné votre passage d'une remarque à caractère sexuel. Parce qu'il est assez rare qu'une femme se jette sur un homme dans la rue, sous un pont, ou dans une chambre pour le pénétrer ou lui enfoncer je ne sais quoi dans l'anus. Voilà pourquoi. Alors sachez que oui, n'importe quelle femme normalement constituée serre les fesses lorsqu'elle passe devant un groupe de quatre types à trois heures du matin. Non seulement elle serre les fesses mais elle évite le contact visuel, et toute attitude qui pourrait suggérer la peur, le défi ou l'invitation. Elle regarde devant elle, prend garde à ne pas presser le pas, et recommence à respirer quand enfin elle se retrouve seule dans l'ascenseur.

William m'a observée, étonné. J'ai vu un pli amer se dessiner sur sa bouche, et j'ai pensé que Wilmor avait sans doute cette expression quand il tapait sur son clavier.

— *Ma chérie*, ne dis pas n'importe quoi, tu ne sors jamais seule, et encore moins la nuit.

— Il n'est peut-être pas trop tard pour commencer. Je vous remercie pour cet excellent dîner, mais je dois dire que la conversation m'ennuie un peu. D'ailleurs, c'est ce que tu me diras dans la voiture, si je rentre dans deux heures avec toi : « Mais qu'est-ce qu'ils sont chiants ! » N'est-ce pas, mon chéri ?

Quelques minutes plus tard, j'étais dans la rue et je riais toute seule.

Pour la première fois, j'avais enfreint les règles. Je m'étais désolidarisée de mon mari. Je dois dire que je me suis rejoué la scène plusieurs fois. Oui, oui, je sais, je me parlais à moi-même, en dehors de chez moi. Je m'esclaffais, même ! Après tout, des tas de gens parlent seuls. J'ai marché un peu avant d'interpeller un taxi. Je riais encore en m'asseyant sur la banquette arrière.

J'ai passé le trajet à imaginer avec quels mots, quels détails, j'allais raconter cette scène au docteur Felsenberg.

C'est idiot, mais j'étais tellement heureuse à l'idée d'avoir enfin quelque chose à lui raconter.

À vingt-deux heures trente j'étais à la maison.

Ils ne m'attendaient pas si tôt.

Je les ai trouvés tous les deux assis sur le canapé, devant une émission de téléréalité. À leurs pieds, une bouteille de whisky, deux ou trois canettes de cocacola et des gobelets en plastique.

Ils n'avaient pas entendu la clé dans la porte. Je suis arrivée derrière eux, ils étaient en pleine euphorie, à tel point que Théo roulait presque par terre – au sens propre du terme –, j'ai cru comprendre que les propos tenus par l'une des protagonistes du programme les avaient plongés, depuis un moment, dans cette surenchère d'hilarité.

Lorsque enfin Mathis s'est rendu compte de ma présence, j'ai vu son visage changer, passant en un instant de ce rire désinhibé par l'alcool à la panique. Ils se sont tus. Mathis a entrepris de ramasser les gobelets, d'effacer les traces du crime. Théo s'était rassis sur le canapé. Il n'était pas en état d'entreprendre quoi que ce fût. Mathis m'a paru moins ivre que son ami. Cela m'a rassurée, un tout petit peu : sur l'échelle du désastre, nous ne détenions pas le record.

J'ai demandé qui avait apporté l'alcool.

Sans hésiter, Théo a répondu que c'était lui.

Il m'a fait face, un peu fièrement, comme pour protéger Mathis, comme s'il avait décidé d'absorber à lui seul ma colère, tandis que Mathis s'agitait toujours à faire mine de ranger.

Je lui ai demandé où il avait acheté cette bouteille. Avec quel argent. Combien ils avaient bu. Est-ce que ses parents savaient qu'à douze ans et demi il buvait de l'alcool ? Je n'avais jamais parlé aussi durement à un enfant. Il ne disait plus rien. J'ai eu envie de le gifler et de le mettre à la porte sans autre forme de procès. Ou bien de reprendre un taxi pour le rac-compagner chez lui, mais à vrai dire j'ai eu peur qu'il soit malade dans la voiture. Il tenait à peine debout.

Mathis a tenté de m'expliquer les circonstances fortuites et indépendantes de leur volonté qui les avaient conduits, malgré eux, devant cette bou-teille de whisky, laquelle s'était introduite pour ainsi dire seule et par effraction dans l'appartement (ou quelque chose comme ça), mais j'ai hurlé :

— Allez vous coucher !

Je n'ai pas eu à le dire deux fois.

Mon fils a aidé son ami à avancer dans le couloir et ils ont disparu.

Je me suis assise à leur place. Une jeune femme en maillot de bain, avec des seins volumineux et un maquillage dont les nuances de brillance et de cou-leurs étaient assez fascinantes, s'adressait à la caméra. J'ai hésité à l'écouter – peut-être détenait-elle une vérité qui m'avait échappé –, mais j'ai entendu qu'elle disait « on va bouger les fesses » en gloussant, alors j'ai éteint le téléviseur.

Je me suis versé une bonne rasade de whisky dans un gobelet vide et je l'ai bue d'une traite. J'ai eu envie de rire de nouveau.

Théo

Il n'a pas eu peur quand elle est rentrée, comme ça, au beau milieu de la soirée. Il a seulement pensé qu'il était beaucoup trop tôt et qu'à cause d'elle il ne pourrait pas, cette fois non plus, aller jusqu'au bout.

Il n'a pas eu peur non plus quand elle lui a posé toutes ces questions, un véritable interrogatoire de police, elle voulait des détails.

Il sait se taire. Il se fichait pas mal que la mère de Mathis soit furieuse et qu'elle les envoie au lit comme des petits garçons.

Mais il a eu peur le lendemain matin quand elle a débarqué dans la chambre à neuf heures et qu'elle a annoncé qu'elle allait le raccompagner. Elle savait qu'il était chez son père ce week-end et, justement, elle voulait lui parler. Elle avait des choses à lui dire. Entre parents, affirmait-elle, il était important de s'alerter. Elle ne pouvait pas passer sous silence quelque chose d'aussi grave, il devait le comprendre. Elle a dit qu'elle était *désolée*, mais elle n'avait pas l'air désolée du tout. Elle avait l'air de quelqu'un qui s'ennuie et qui vient de trouver de quoi s'occuper.

Elle lui a dit de prendre une douche et de s'habiller pendant qu'elle préparait le petit déjeuner.

Devant son bol de chocolat, Théo a prétendu que son père travaillait le dimanche matin, et qu'il ne serait pas là. Mais elle ne s'est pas laissé berner.

— Donne-moi son numéro, je vais voir ça avec lui.

— Il n'a pas de téléphone portable et le téléphone fixe ne marche plus.

— Alors, on va y aller.

Il n'avait pas faim. Tout était noué dans son corps. Tous les organes dessinés pendant le cours de SVT s'étaient emmêlés les uns aux autres et formaient maintenant une boule compacte, douloureuse.

Elle n'allait pas changer d'avis, il pouvait en être certain.

Elle a insisté pour qu'il termine le bol de chocolat chaud, il faisait très froid dehors et elle ne voulait pas qu'il sorte le ventre vide. Elle faisait un effort pour lui parler gentiment, sa voix sonnait comme une fausse note.

Il sait que la mère de Mathis ne l'aime pas.

Il ne l'aime pas non plus. Elle parle avec des expressions bizarres qu'elle a dû recopier dans des vieux bouquins. Elle parle comme si le français était une langue étrangère qu'elle aurait apprise par cœur ou empruntée à quelqu'un.

Il s'est forcé à avaler le lait chaud. Assis en face de lui, Mathis le regardait, désemparé. Il cherchait un moyen d'empêcher sa mère de l'accompagner, mais aucune idée ne lui venait.

Elle a donné le signal du départ et elle est allée chercher le blouson de Théo dans la penderie. (Chez Mathis tout est bien rangé. Chaque chose à une place qu'il faut respecter.) En lui tendant le vêtement, elle s'est étonnée qu'il soit si peu couvert.

Elle n'a pas voulu que Mathis vienne avec eux. Elle sait que son père habite vers la place d'Italie, elle a regardé sur le plan de métro pour vérifier le trajet. En sortant de la station, elle avait prévu que Théo lui montrerait le chemin.

Ils ont pris l'ascenseur pour descendre de l'immeuble. Dans la cabine, pour éviter son propre reflet dans le miroir et le regard de cette femme, il a refait ses lacets.

Elle marche maintenant à côté de lui d'un pas autoritaire, pressé.

Théo sent son cœur battre dans son ventre, à cet endroit que l'alcool réchauffe et apaise en premier.

Elle ne doit pas franchir la porte de chez lui. Elle ne doit pas entrer dans l'appartement de son père et encore moins lui parler.

Si elle passe le pas de la porte, tout sera fichu.

Par tous les moyens, il doit la tenir à distance. L'empêcher de s'approcher.

Ils se dirigent vers le métro. Il a réglé son pas sur le sien. Elle sent qu'il suit la cadence. Alors sa vigilance se relâche quelques secondes et Théo profite de cet instant fugace pour détaler.

Il court à en perdre haleine sur le boulevard de Grenelle, il court sans se retourner, dépasse la première station de la ligne 6, au cas où elle le rattraperait, et court encore plus vite jusqu'à la suivante.

À Sèvres-Lecourbe, il enjambe les escaliers quatre à quatre pour rejoindre le métro aérien. Il rit. Il saute in extremis dans la rame qui s'apprête à refermer ses portes.

Il l'a échappé belle.

Clouée sur place, la bonne femme. Pas eu le temps de dire ouf.

Hélène

L'autre jour, lorsque j'ai annoncé qu'on aborderait le cours sur la reproduction au retour des vacances, Rose m'a interrompue.

— Et vous, madame, vous avez des enfants ?

J'ai répondu non et j'ai repris la leçon. D'habitude, face aux élèves, je m'en sors par une petite boutade. Mais cette fois non.

Les coups je les ai reçus et le secret je l'ai gardé jusqu'au bout. J'ai trente-huit ans et je n'ai pas d'enfant. Je n'ai pas de photo à montrer, ni prénom ni âge à annoncer, pas d'anecdote ou de bon mot à raconter.

J'abrite en moi-même, et à l'insu de tous, l'enfant que je n'aurai pas. Mon ventre abîmé est peuplé de visages à la peau diaphane, de dents minuscules et blanches, de cheveux de soie. Et lorsqu'on me pose la question – c'est-à-dire chaque fois que je rencontre une nouvelle personne (en particulier des femmes), chaque fois qu'après m'avoir demandé quel est mon métier (ou juste avant) on me demande si j'ai des enfants –, chaque fois donc que je dois me résigner à tracer sur le sol cette ligne à la craie blanche qui sépare le monde en deux (celles qui en ont, celles qui n'en ont pas), j'ai envie de dire : non, je n'en ai pas, mais regarde dans mon ventre tous les enfants que je n'ai pas eus, regarde comme ils dansent au rythme de mes pas, ils ne demandent rien d'autre qu'à être bercés, regarde cet amour que j'ai retenu converti en lingots, regarde l'énergie que je n'ai pas dépensée et qu'il me reste à distribuer, regarde la curiosité naïve et sauvage qui est la mienne, et l'appétit de tout, regarde l'enfant que je suis restée moi-même faute d'être devenue mère, ou grâce à cela.

Il y a longtemps, un homme m'a quittée parce que je ne pouvais pas avoir d'enfants. Aujourd'hui, chaque soir, il s'attarde à son bureau et rentre chez lui le plus tard possible pour ne pas voir les siens.

Quand je me réveille la nuit, souvent cette question revient. Pourquoi je n'ai rien dit ? Pourquoi ai-je laissé tourner la Roue de la fortune sans prévenir quelqu'un, sans appeler au secours, pourquoi ai-je laissé mon père multiplier les quiz, les pièges et les coups de pied, pourquoi n'ai-je pas crié, pourquoi ne l'ai-je pas dénoncé ? *Allez, Hélène, on se concentre, une question d'histoire maintenant, ou plutôt de psychologie, pourquoi as-tu fermé ta gueule ? Comme c'est dommage Hélène, tu aurais pu doubler la mise.*
Mais au fond je le sais.

Je sais que les enfants protègent leurs parents et quel pacte de silence les conduit parfois jusqu'à la mort.

Aujourd'hui je sais quelque chose que d'autres ignorent. Et je ne dois pas fermer les yeux.

Parfois je me dis que devenir adulte ne sert à rien d'autre qu'à ça : réparer les pertes et les dommages du commencement. Et tenir les promesses de l'enfant que nous avons été.

Je n'ai pas écouté les conseils de Frédéric. Je continue de venir au collège et d'observer Théo. Debout derrière la vitre, dès que les élèves descendent dans la cour, je cherche sa silhouette. Si je parviens à le repérer au milieu des autres – corps aimantés, réunis par d'étranges alliances –, je passe la récréation à épier ses gestes, ses esquives, en quête d'une réponse.

Sous un prétexte quelconque, j'ai consulté chez la CPE les fiches de renseignements remplies par les élèves en début d'année. J'y ai trouvé l'adresse de sa mère.

J'y suis allée plusieurs fois. J'ignore ce que je cherchais. Peut-être, par un faux hasard, à croiser Théo en dehors du collège pour qu'il puisse me parler. Je me suis approchée de l'immeuble, dans un périmètre de plus en plus resserré, un soir je suis même restée plusieurs minutes sur le trottoir d'en face à regarder les fenêtres allumées.

L'autre jour, au moment même où je passais devant le numéro de la rue, quelqu'un a composé le code et est entré. Je lui ai emboîté le pas. Je me suis retrouvée à l'intérieur sans l'avoir voulu. Devant les boîtes aux lettres, sur le panneau d'information, les noms et les étages étaient affichés. Je n'ai pas réfléchi, je suis montée jusqu'au troisième par l'escalier. Je me suis approchée, mon cœur battait tellement fort que j'avais du mal à respirer. L'appartement était silencieux, je ne percevais aucun bruit. Soudain, la porte s'est ouverte et je suis tombée nez à nez avec la mère de Théo. (Il serait sans doute plus juste de dire qu'elle est tombée nez à nez avec moi.) Je crois que nos regards se sont croisés – un centième de millième de seconde –, et puis j'ai dévalé l'escalier. J'aurais dû inventer un prétexte, une raison pour justifier ma présence, j'aurais pu faire semblant d'avoir des amis dans le même immeuble, mais oui, quelle coïncidence, et de m'être trompée de porte, mais c'était trop tard : j'étais dans la rue, je courais à perdre haleine.

Théo

Dimanche, quand il est rentré chez lui, il a trouvé
son père allongé dans sa chambre, les rideaux fermés.
Il s'est avancé à pas prudents, le temps que ses yeux
s'habituent à l'obscurité. Lorsqu'il s'est approché du
lit, il a vu que son père ne dormait pas. Il semblait
attendre quelque chose, les bras inertes au-dessus du
drap, le haut de son dos reposait sur les oreillers et
il fixait un point sur le mur, visible pour lui seul. Il
a regardé Théo pendant quelques secondes, comme
s'il lui fallait ce temps pour reconnaître son fils, puis
quelques secondes encore pour être capable d'adop-
ter un comportement adéquat. L'espace d'un instant,
son visage a recueilli cette étincelle de joie, fugace,
qui l'animait à l'époque où il venait chercher Théo à
l'école élémentaire, et puis il a caché ses mains sous le
drap. Il a demandé à Théo s'il s'était bien amusé, il a
répété plusieurs fois cette question, ce n'était pas une
formule de politesse, c'était une vraie question dont
la réponse lui importait.

Théo a répondu que tout s'était très bien passé.
Il y a eu un petit silence pendant lequel il n'a pu

s'empêcher de penser que la mère de Mathis l'avait peut-être suivi, ou qu'elle ne tarderait pas à trouver leur adresse et débarquer sans prévenir.

Pendant la première heure, il a guetté le bruit de l'ascenseur et s'est immobilisé dès qu'il entendait une voix dans la cage d'escalier.

Plus tard, il a passé l'après-midi à ranger et nettoyer, au cas où quelqu'un viendrait. Une sorte d'intuition lui dictait que c'était la chose la plus importante à faire, remettre en ordre l'appartement de son père.

Ce n'est pas si compliqué. Il faut transformer la corvée en jeu, c'est son père qui lui a appris cette ruse, à l'époque où il était capable de rire et de rester plus de quatre minutes en position verticale. Pour transformer la tâche la plus ennuyeuse en jeu de piste ou en chasse au trésor, il suffit de se fixer un objectif, un défi, ou d'inventer une histoire.

Cette fois, Théo a imaginé qu'il participait à une célèbre émission de téléréalité. Il était suivi par une dizaine de caméras, réparties dans toutes les pièces de l'appartement, qui retransmettaient en direct l'épreuve du *Grand ménage.* Au moment même où il remplissait la bassine d'eau, plus d'un million de personnes suivaient ses gestes. Car il était le plus jeune candidat de toute l'histoire du jeu et sans aucun doute le préféré des téléspectateurs. L'épreuve du jour était particulièrement longue et ingrate, mais elle pouvait lui permettre de remporter la victoire. Car comme les autres, il serait noté, à l'issue du *Grand ménage*, à la fois sur sa rapidité et sur son efficacité. Et il est, dans les deux cas, le meilleur.

Une voix off imaginaire n'a pas tardé à commenter ses gestes pour en souligner l'agilité et la précision. Ce soir, dans le confessionnal, il pourra raconter face à la caméra ce qu'il a ressenti pendant l'épreuve, les moments de doute et la volonté qui, pourtant, ne l'a jamais quitté. Et avec un peu de chance, il sera bientôt en couverture de tous les magazines de télévision.

Depuis dimanche, son père ne s'est pas levé. Cela fait trois jours qu'il somnole dans son lit, la porte reste entrebâillée mais il n'ouvre jamais les rideaux. Il ne se lève que pour aller aux toilettes, d'un pas traînant, Théo entend le bruit de ses mules qui glissent sur les lattes du parquet, puis celui de la chasse d'eau. Il n'a pas pris de douche et n'a pratiquement rien mangé. Théo lui apporte de l'eau dans une carafe et lui prépare des petits sandwichs auxquels il touche à peine.

Théo pourrait prévenir sa mamie, mais il ne connaît pas son numéro. De toute façon, elle ne vient plus jamais. Et la dernière fois, il y a déjà plusieurs mois, elle s'est disputée avec son père. Au moment de repartir, elle a regardé Théo et avec un air faussement étonné, elle a dit :

— Qu'est-ce que tu ressembles à ta mère.

Sur le buffet de la cuisine, un sac plastique aux couleurs d'une pharmacie voisine contient les médicaments que son père prend chaque jour. Pendant la nuit, Théo sort les boîtes du sac pour lire les notices.

En SVT, madame Destrée leur a parlé des molécules qui ont des effets sur le cerveau. Elle a expliqué comment marche le dopage des sportifs et pour quelles raisons c'est interdit. Ensuite elle a parlé des médicaments qui peuvent changer l'humeur d'une personne, l'aider à être moins triste, moins anxieuse, et parfois même faire revenir à la raison les gens qui disent ou font n'importe quoi. Mais ce sont des médicaments dangereux que seul un psychiatre ou un médecin peut prescrire.

Pourtant, le père de Théo a des tas de médicaments, des boîtes et des boîtes, alors qu'il ne sort plus de l'appartement. On dirait qu'il a fait des réserves pendant plusieurs mois.

Peut-être que Théo pourrait aller voir madame Destrée et lui parler de son père.

Quand elle dessine avec la craie au tableau, ou quand elle explique tout ce qui se passe dans l'organisme, il a parfois l'impression que c'est à lui qu'elle parle. Peut-être qu'elle sait. Et qu'elle peut garder un secret.

Cécile

Maintenant j'ai peur. Peur qu'il nous arrive quelque chose. J'imagine des horreurs, c'est plus fort que moi. J'échafaude des scénarios catastrophe, des enchaînements funestes, des coïncidences tragiques. Chaque soir, quand je me couche, me vient à l'esprit que je ne me réveillerai peut-être pas. Une masse oppresse ma poitrine, du côté gauche, et m'empêche de respirer. Ou bien je perçois une douleur diffuse dans le bas de mon ventre et soudain je crains d'abriter dans les tissus abîmés de mon corps l'un de ces cancers invasifs qui ne tardera pas à se faire connaître.

Mes enfants sont trop jeunes pour perdre leur mère. Voilà à quoi je pense, au moment où je ferme les yeux.

Le docteur Felsenberg appelle cela des pensées morbides.

Elles révèlent, selon lui, une culpabilité ancienne.

C'est très éprouvant. C'est une spirale qui m'aspire, m'absorbe, contre laquelle je ne peux rien. Les pensées morbides surviennent n'importe quand, sous la forme d'images ou de mots, quand j'essaie de les décrire elles perdent leur texture, leur incandescence, elles ne semblent plus si tangibles, elles apparaissent pour ce qu'elles sont : des constructions élaborées par l'angoisse, des menaces théoriques et lointaines. Mais sur le moment, elles m'empêchent de respirer.

La température a chuté d'un coup, il a gelé plusieurs nuits de suite. Des camions de sablage quadrillent la ville avant le lever du jour pour éviter la formation du verglas. J'ai d'abord pensé que le froid pourrait tout assainir, éliminer les germes, les bactéries, la vermine, éradiquer toutes les saloperies invisibles dont nous sommes cernés, et puis le froid lui-même est devenu un péril sournois, insidieux, une menace à part entière dans mes élucubrations sordides.

Je n'ai rien dit à William au sujet de Mathis. Sans doute parce que je suis certaine que cela vient de moi. Peut-être que d'une manière générale, le problème vient de moi. Je suis la pièce défectueuse camouflée au cœur d'un mécanisme bourgeois qui fonctionnait depuis la nuit des temps. Je suis le grain de sable qui grippe la machine, la goutte d'eau malencontreusement tombée dans le réservoir d'essence, le mouton noir déguisé en femme d'intérieur. Mon imposture est à l'origine du désastre. Je rêvais d'un appartement familial et cossu sur lequel on s'extasierait. Je rêvais d'enfants aux yeux clairs élevés dans la douceur et le confort. Je rêvais de cette vie paisible centrée sur leur éducation et le bien-être de mon mari. Je ne demandais rien de plus et je m'y suis tenue. Je pensais que cela suffirait. Faire profil bas, passer l'aspirateur et préparer le goûter. Qu'on ne s'y trompe pas, je suis là où je voulais être. Je me suis néanmoins fourvoyée. Oui, j'étais peut-être une mouette engluée par la marée noire, mais aujourd'hui je ressemble étrangement au corbeau de l'histoire que me racontait ma grand-mère, ce volatile grossier au plumage d'ébène, qui rêvait d'être un oiseau blanc. Car ainsi se poursuit la fable : l'oiseau se roule d'abord dans le talc, puis dans la farine, mais le subterfuge est de courte durée et ne tarde pas à s'évaporer. Alors il se trempe tout entier dans un pot de peinture blanche, duquel il reste prisonnier. Je suis cet oiseau noir qui voulait devenir blanc et qui a trahi les siens. Je me croyais plus maline. Je me croyais capable d'imiter le chant des tourterelles. Mais moi aussi j'ai perdu l'usage de mes ailes, et là où je suis, il est inutile de se débattre.

Je n'arrive plus à parler à William. Je ne peux pas.

Plus je passe du temps à regarder ce qu'il écrit sur Internet – ces traces qui ne s'effaceront jamais, empreintes tenaces qui un jour ou l'autre révéleront la difformité du monstre –, moins j'arrive à lui parler. Mon mari est devenu un étranger.

Je voudrais être capable d'oublier ce que j'ai lu. D'ignorer le marécage qui nous entoure et ne tardera pas à envahir notre salon. Ne plus jamais allumer l'ordinateur. Mais je ne peux pas.

Pourtant, chaque jour qui passe, je fabrique un nouveau mensonge, bien plus grand que tous ceux qui ont fait de William et moi ces escrocs de seconde zone, jamais démasqués. Je me tais et je continue de lutter contre la poussière et de tourner avec précaution le bouton du lave-linge, de brancher le mixeur et le fer à repasser, de changer les draps et de nettoyer les vitres afin qu'aucune trace n'y soit décelable, même en plein soleil.

Qui est le vrai William ? Celui qui diffuse sa prose de fiel sous couvert d'anonymat ou celui qui circule à visage découvert dans un costume gris anthracite, légèrement cintré à la taille ? Celui qui se vautre dans la fange ou celui qui porte des chemises blanches immaculées, repassées avec soin par son épouse ?

Je devrais dire à mon mari que je sais.

Peut-être ces deux parties de lui-même se réuniraient-elles en une seule ? Peut-être serais-je capable d'établir le lien entre ces deux entités ? Peut-être comprendrais-je quelque chose qui m'a échappé ?

Parfois, je pense à cette boule de papier froissé, abandonnée dans la corbeille à papier. Je me demande si, sans le savoir, William n'espérait pas que son double soit découvert, confondu et conspué, et qu'enfin quelqu'un l'envoie au cachot, menottes aux poignets.

Je dois trouver une solution pour Mathis. Je ne veux plus qu'il fréquente Théo. Oui, je dis *fréquente*, comme le disait ma mère, et c'est comme ça. Je ne veux plus qu'il rentre avec lui du collège, ni qu'il s'asseye à côté de lui en classe. Je suis certaine que ce garçon a sur notre fils une influence nocive, malsaine, au-delà du fait qu'il l'entraîne à boire.

Sur le site Pronote du collège, j'ai demandé un rendez-vous à madame Destrée, leur professeur principal.

Je lui parlerai. Je lui expliquerai.

Et puis à la fin de l'année scolaire, s'il le faut, nous changerons Mathis d'établissement.

Théo

Ne dis pas à ta mère que Sylvie est partie, ne dis pas à ta mère que papa n'a plus de travail, ne dis pas à ta mère que mamie Françoise est fâchée, ne dis pas à ta mère que l'évier fuit, ne dis pas à ta mère que j'ai vendu la voiture, ne dis pas à ta mère qu'on ne retrouve plus le sweat-shirt, dis à ta mère qu'on ne sait pas encore ce qu'on va faire, dis à ta mère que j'attends un remboursement et que je pourrai payer bientôt la cantine, ne dis pas à ta mère qu'on n'est pas sortis, dis à ta mère qu'on n'a pas pu avoir de rendez-vous, ne lui dis pas qu'on…

Quand il ferme les yeux, il voit parfois leurs visages d'avant, ceux de la photo où ils sont tous les deux, souriants. Sa mère a les cheveux longs, elle est tournée vers son père qui regarde l'objectif, il porte un polo à manches courtes, il la tient par la taille. Avant, cette photo le réconfortait. Aujourd'hui, il sait que les photos sont des mystifications comme les autres.

Mathis

Il aimerait revenir en arrière, quand il était petit, quand il passait des heures à assembler des bouts de plastique, quand il n'avait rien d'autre à faire que construire des maisons, des voitures, des avions, et toutes sortes de créatures articulées aux pouvoirs d'exception. Il se souvient de ce temps qui ne lui semble pas si loin – à portée de main et pourtant révolu –, ce temps où il jouait avec Sonia à *Qui est-ce ?* ou à *Chasse-taupes* sur la moquette du salon.

Tout lui semblait plus simple. Peut-être parce qu'au-delà des murs de l'appartement et de l'école, le monde était théorique : un vaste territoire réservé aux adultes, qui ne le concernait pas.

L'accès sous l'escalier de la cantine a été condamné, ils n'ont plus d'endroit où se cacher. Mathis en a éprouvé une sorte de soulagement qu'il n'aurait pas su expliquer, mais très vite Théo s'est mis en tête de chercher un autre endroit, à l'abri de toute surveillance. Hugo leur a parlé d'un jardin, près de l'esplanade des Invalides, où l'on peut se glisser facilement, en dehors des heures d'ouverture.

Ce matin, alors qu'ils attendaient devant le collège que retentisse la première sonnerie, Hugo est venu vers eux, avec son air de conspirateur. S'il était un peu plus grand et un peu plus fort, Mathis lui aurait demandé de dégager avant même qu'il ouvre la bouche, mais il sait depuis longtemps qu'il n'est pas doté du physique qui autorise les sautes d'humeur. Bien entendu, Hugo n'avait toujours pas la bouteille commandée par Théo. En revanche, il avait une bonne nouvelle : samedi prochain, Baptiste, son frère, organise une soirée. Ils doivent se retrouver à plusieurs, dehors, et ils auront à boire. Hilare, il a répété plusieurs fois : « De quoi bien se tiser ! »

Le rendez-vous a été fixé devant le square Santiago-du-Chili à vingt heures précises. Baptiste leur montrera comment sauter les barrières sans se faire remarquer. Une fois à l'intérieur, il faudra rester vigilant et parfois se cacher parce qu'il arrive qu'un gardien fasse une ronde dans le courant de la soirée. Et s'ils ont froid, ce n'est pas grave, le gin les réchauffera.

Depuis ce matin, Mathis y pense tout le temps.

Il n'a aucune envie d'y aller. De toute façon, il ne pourra pas. Vu ce qui s'est passé la dernière fois, le soir où ses parents ont dîné chez des amis, sa mère n'est pas près de le laisser sortir.

Si cela ne tenait qu'à lui, il refuserait la proposition. Baptiste et ses copains ont gardé l'argent de Théo pour s'acheter une bouteille supplémentaire et maintenant ils jouent les grands seigneurs. Il n'aime pas ça. Ils n'ont pas de parole.

Il aurait voulu que Théo refuse d'y aller. Mais son ami a dit oui et déjà élaboré son plan : il fera croire qu'il dort chez Mathis. Aucun risque que son père téléphone pour vérifier. Le reste n'a aucune importance. Il sera maître de son temps et de ses déplacements : une soirée entière de liberté. Quand Mathis s'est inquiété de savoir où il allait dormir *en vrai*, Théo a répondu qu'il verrait bien.

Mathis aimerait se tenir à l'écart de cette histoire, rester chez lui et ne plus rien savoir. Mais il ne peut pas laisser Théo tout seul avec eux.

Il va devoir trouver un moyen pour y être. Il faudra mentir. Trouver une raison incontournable pour que sa mère le laisse sortir malgré *ce qui s'est passé*, car c'est ainsi qu'elle en parle, à voix basse.

Elle n'a rien dit à son père.

Il doit réfléchir.

Mentir, en fait, ce n'est pas difficile, quand on a de bonnes raisons. L'autre jour, par exemple, quand elle est rentrée, à peine dix minutes après leur départ, furieuse parce que Théo lui avait faussé compagnie sous le métro aérien, Mathis a juré qu'il n'avait pas l'adresse de son ami – ni chez son père ni chez sa mère –, et qu'il ne savait pas non plus y aller.

Dans la semaine qui a suivi, il est descendu avec sa mère à la cave pour chercher un carton dans lequel elle espérait retrouver de vieilles affaires à elle. Une fois en bas, elle lui a parlé. Elle lui a dit qu'elle ne voulait plus qu'il voie Théo, ni qu'il se mette à côté de lui en cours. Elle attendait de lui qu'il s'éloigne de son ami et se rapproche d'autres garçons de la classe. Il était hors de question que Théo remette un pied chez eux, ou que Mathis aille chez lui.

Il ne lui connaissait pas cette voix ferme, sans appel. Il ne s'agissait pas de discuter, c'était un ordre et elle souhaitait qu'il obtempère.

Depuis quelque temps, sa mère est bizarre. Elle parle toute seule sans s'en rendre compte. Elle n'a plus cet air mélancolique qui le mettait si mal à l'aise, ni ce regard triste qu'il surprenait parfois, non, elle a l'air affairée, débordée. L'autre jour, il l'a vue de loin, dans la rue, elle marmonnait toute seule, on aurait dit une folle.

Hélène

Jeudi soir, Théo est resté dans la classe à la fin de mon cours, il a attendu que tous les autres soient sortis. C'était la dernière heure de la journée, je venais de terminer le chapitre sur l'activité cérébrale et le fonctionnement du système nerveux, sur lequel je passe en général deux ou trois séances. J'ai vu qu'il traînait pour rassembler ses affaires. Mathis est parti devant lui, je crois que le jeudi il a un cours de solfège ou de piano, il ne s'attarde jamais.

Quand nous nous sommes retrouvés seuls, Théo est venu vers moi, il se tenait droit, blouson fermé, menton levé, sac sur l'épaule. J'ai pensé : il a quelque chose à me dire. J'ai retenu mon souffle. Je ne devais surtout pas forcer les choses, ni les précipiter. Je lui ai souri et j'ai fait mine de ranger les papiers éparpillés sur mon bureau. Après un court moment, il m'a demandé :

— Est-ce qu'on peut mourir, si on prend les mauvais médicaments ?

Mon pouls s'est accéléré, je n'avais pas droit à l'erreur.

— Tu veux dire : si tu prends des médicaments qui ne sont pas pour toi ?

— Non, c'est pas ça.

— C'est quoi alors ?

— Ben… si quelqu'un prend des médicaments qui ne marchent pas. Vous avez dit qu'il y a des médicaments qui agissent sur le cerveau. Sur l'humeur des gens. Mais moi je crois que parfois ça sert à rien. Et les gens restent au lit. Ils ne mangent presque plus et ils ne se lèvent plus et ils restent comme ça toute la journée.

Il avait parlé très vite. Je devais décrypter et poser les bonnes questions.

— Oui, c'est vrai, Théo, cela arrive. Est-ce que tu penses à quelqu'un en particulier ?

Il a levé les yeux vers moi. Sous la pression, je voyais ses pupilles se dilater.

C'est à ce moment-là que le Principal a surgi dans ma classe sans frapper. Je me suis tournée vers lui, sidérée, je n'ai pas eu le temps d'ouvrir la bouche qu'il avait déjà ordonné à Théo de rentrer chez lui, sur un ton qui signifiait clairement qu'il n'avait rien à faire là. Théo m'a jeté un dernier regard, œil noir, accusateur, comme si j'étais l'employée de banque qui venait d'appuyer en douce sur le bouton d'alarme caché sous le guichet.

Il est sorti sans se retourner.

J'ai suivi monsieur Nemours jusqu'à son bureau.

Calme, avec une fermeté un peu théâtrale, il m'a exposé la situation.

La mère de Théo Lubin a téléphoné pour se plaindre. Non seulement je l'ai convoquée sans raison, mais maintenant, elle dit que je rôde aux alentours de chez elle. Jusque dans son immeuble. Bien entendu, elle a raconté la conversation que nous

avons eue, il y a quelques semaines, qu'elle a quali-
fiée d'injuste et de culpabilisante. Le Principal lui a
demandé de se remémorer la teneur exacte de mes
propos, ce qu'elle n'a pas eu de mal à faire, à en juger
par le rapport détaillé qu'il a glissé sous mes yeux.

Outre que j'enfreins les règles de l'institution et
déborde de son cadre, j'ai omis de mentionner cet
entretien lors de la réunion d'équipe consacrée à
l'élève. Réunion organisée, devait-il me le rappeler,
suite à un premier dérapage de ma part. Pourquoi
n'avais-je rien dit ? C'était une faute. Une faute grave.
Mon comportement entravait le bon fonctionnement
du service public d'éducation et portait atteinte à la
considération de ce service.

La mère de Théo a demandé que son fils soit
changé de classe. Le Principal s'est engagé à me recevoir pour que je m'explique, et lui a dit qu'il aviserait.

Il a attendu ma réaction. Mes arguments. Mes justi-
fications. Qu'est-ce que je pouvais bien fabriquer dans
cette cage d'escalier ? Je n'avais rien à dire pour ma
défense, alors je me suis tue. Par chance, il n'envisage
pas de sanction. Il a enseigné pendant plus de vingt
ans. Il sait à quelle pression, quel stress nous sommes
soumis et les responsabilités qui sont les nôtres. Nous
devons être solidaires. Nous serrer les coudes. Par res-
pect pour le travail que j'ai accompli au sein du collège
depuis plusieurs années, il ne réclamera à mon égard ni
blâme ni avertissement. En revanche, il m'a demandé
de prendre du recul et de me faire arrêter par un médecin. Un mois minimum. Le temps que les esprits se cal-
ment. C'était une condition et cela ne se discutait pas.

J'ai vidé mon casier et je suis sortie du collège avec la certitude troublante que je n'y reviendrais pas.

La musique de *La Roue de la fortune* me trottait dans la tête, *j'achète un A, je propose un L, j'achète un C,* je suis si près du but, je dois réfléchir pour comprendre, trouver la bonne réponse, *ah mais non, allons Hélène, ce n'est pas si simple, pour qui vous prenez-vous ? Vous ne pensiez tout de même pas que vous étiez capable d'inverser le sens de la Roue ?*

Je n'ai pas écouté les messages de mes collègues qui se sont succédé toute la journée sur mon répondeur téléphonique.

Je n'ai pas rappelé Frédéric qui a tenté à plusieurs reprises de me joindre.

De ma fenêtre, je regarde les passants, enveloppés dans leurs manteaux, mains dans les poches ou protégées par des gants, le cou rentré dans les épaules, ils pressent le pas et luttent contre l'humidité qui transperce leurs minuscules remparts. Parmi eux, une femme se demande combien de temps cuit la tourte aux oignons, une autre vient de décider de quitter son mari, une autre encore compte mentalement les tickets-restaurant qu'il lui reste, une jeune fille regrette d'avoir choisi des collants aussi fins, une autre vient d'apprendre qu'elle a obtenu le poste pour lequel elle a passé plusieurs entretiens, un vieil homme a oublié pourquoi il était là.

Cécile

L'avantage, quand on parle tout seul, c'est qu'on peut se faire des blagues. J'en connais des bonnes, que me racontait mon frère quand nous étions enfants. On se roulait par terre de rire.

L'autre jour je me suis amusée à me parler à moi-même avec un accent anglais, c'était drôle, je dois dire que je le contrefais assez bien. C'est fou comme cela permet de dédramatiser la situation. C'est un peu comme si Jane Birkin s'était mis en tête de me réconforter. Mais c'est moi et moi seule qui me parlais à moi-même, bien sûr, oui, oui, à voix haute dans mon salon. D'ailleurs, j'ai passé à peu près tous les sujets en revue.

J'ai raconté cela au docteur Felsenberg. Il voulait savoir, avec l'accent anglais, de qui ou de quoi j'étais devenue l'étrangère.

Mon père est mort il y a longtemps et Thierry a fini par quitter la maison. Depuis, ma mère vit seule dans un petit appartement au rez-de-chaussée de l'escalier G, dans la résidence où nous avons passé notre enfance. La mairie lui a attribué un F2 à la place du F4 que nous habitions, ce qui lui permet de payer le loyer et de vivre *correctement*. Elle n'est pas du genre à se plaindre.

Je l'ai appelée l'autre jour, je n'y ai pas réfléchi avant, j'ai pris le téléphone et j'ai composé son numéro. Elle était surprise, je n'appelle pas souvent. J'ai dit que j'avais envie de l'entendre, de prendre de ses nouvelles, il y a eu un court silence et puis elle m'a demandé si tout allait bien. J'ai dit oui, et puis il y a eu un nouveau silence. Ma mère ne me pose jamais de questions directes ou précises, je vis dans un monde qui lui semble trop éloigné du sien. Je sais que Sonia vient la voir, de temps en temps. Ma mère prépare du thé et des biscuits qu'elle dispose en cercles sur une petite assiette. Elle les range ensuite dans une boîte pour que ma fille puisse repartir avec. J'ai dit que j'allais venir avec Mathis, un jour prochain. Après un nouveau blanc, ma mère a dit d'accord, je vous attends, comme s'il n'y avait rien d'autre à espérer de la vie entre le moment de la promesse et celui où elle sera tenue.

Madame Destrée n'a pas répondu à ma demande de rendez-vous. J'ai trouvé cela fort de café. Elle est supposée être la référente pour la classe de cinquième B mais ne répond pas lorsqu'il s'agit de recevoir les parents d'élèves en dehors de ces interminables réunions collectives qui ont lieu deux fois par an. Je me suis connectée plusieurs fois sur le site du collège, j'ai réitéré mon message, et puis j'ai fini par appeler. On m'a dit qu'elle était souffrante, sans préciser la durée de son absence. J'espère la rencontrer dès son retour.

En apparence, rien n'a changé. William n'est jamais revenu sur le dîner chez ses amis. À ses yeux, il s'agit sans doute d'un incident mineur. Une saute d'humeur. Il a dû s'en tirer par une pirouette et se resservir un verre. Je ne suis pas sûre que William ait remarqué la distance que mon corps impose au sien. Nous n'avons pas fait l'amour depuis plusieurs semaines, mais ce n'est pas la première fois. Il doit se dire que je traverse l'une de ces phases obscures qui jalonnent la vie des femmes. Des histoires d'hormones, sans doute, puisque c'est à travers ce prisme qu'il observe la gent féminine, si j'en crois la prose de Wilmor.

À vrai dire, j'ai cessé de chercher. Je n'allume plus l'ordinateur depuis que j'ai découvert que mon mari avait également ouvert un compte sur Twitter, qui lui permet, dans un format plus incisif et de manière aussi sournoise, de commenter tout et n'importe quoi, sans jamais assumer la teneur de ses propos. Drôle de monde qui nous laisse déverser ici et là une parole anonyme, ambivalente ou extrême, sans jamais nous faire connaître.

Le soir même, après le dîner, William s'est assis près de moi sur le canapé. Il a passé son bras autour de mes épaules, j'ai senti mon corps se raidir, le contact de sa paume brûlait ma peau à travers le lainage. Il m'a dit qu'il avait encore du travail, il était désolé, un rapport compliqué qu'il devait remettre le lendemain au directeur de son département.

Je l'ai regardé quelques secondes, d'abord en silence, et puis j'ai demandé : tu es sûr que tu n'as rien à me dire ?

Il a ri, de ce rire nasal qui dissimule parfois sa gêne, il sentait que la question n'était pas sans incidence, qu'elle débordait du cadre des échanges domestiques, quotidiens, auxquels se réduisent nos conversations, William n'est pas stupide. Il m'a dévisagée, l'air interrogateur, il attendait la suite. J'ai posé une nouvelle fois la question.

— Tu es sûr que tu n'as rien à me dire… sur toi, sur ce que tu fais ?

Je ne pouvais pas aller plus loin. Je n'avais pas la force. Mais je suis certaine qu'à ce moment-là, il a compris.

Il a hésité.

Un dixième de seconde.

Je l'ai vu car, faute de connaître Wilmor, je connais très bien William : le tressaillement infime de ses paupières, sa manière de joindre les mains, cette petite toux d'embarras qui lui permet de mettre fin à l'échange.

Puis il a caressé ma joue, de manière furtive, un geste d'avant, d'il y a très longtemps ; avant les enfants, les ordinateurs, les téléphones portables, avant l'araignée sur la Toile.

Il s'est levé. Il me tournait déjà le dos quand il m'a répondu :

— Tu te fais des idées.

William s'est enfermé dans son bureau. J'ai regardé à la télévision un documentaire sur les pizzas industrielles, il était question des agents de saveur et des condiments ajoutés pour masquer la qualité médiocre des produits de garniture, subterfuge révélé au terme d'une grande enquête menée sur fond d'omerta et de musique à suspens. Un vrai thriller. À vrai dire, je m'en foutais complètement, mais j'ai suivi jusqu'au bout. Le dimanche précédent, j'avais regardé celui sur la noix de coco. Depuis quand les documentaires de la télévision diffusés aux heures de grande écoute sont-ils consacrés à la vie des chatons ou aux steaks hachés ?

Je me suis parlé à moi-même pendant quelques minutes, j'avais envie de débattre. Ma voix ne se contente plus de me rassurer, elle émet maintenant des opinions.

À travers la porte j'ai dit à William que j'allais me coucher. J'ai rangé une ou deux choses qui traînaient dans la cuisine et tiré les rideaux du salon.

Ensuite, j'ai effectué ces gestes qui précèdent le coucher (démaquillant, eau de fleur, crème de nuit, crème pour les mains) dans une sorte de rituel comme, j'imagine, toutes les femmes d'un certain âge en ont un.

Je me suis allongée. J'ai éteint la lumière et cette phrase m'est venue à l'esprit, aussi clairement que si je l'avais énoncée à voix haute : je veux descendre.

Mathis

Ce soir, il a attendu que son père se soit enfermé dans son bureau et que sa mère soit seule dans le salon. Il s'est bien préparé.

Il respire une dernière fois.

— Tu sais, samedi on va à la Philharmonie, avec monsieur Châle.

Elle est étonnée, il s'y attendait.

— Ah bon, mais depuis quand ? Vous n'y êtes pas déjà allés ?

— Non, c'était à l'Opéra-Garnier. Tu te rappelles pas ? C'était marqué sur le papier que tu as signé l'autre jour, tu as même donné l'argent.

— Et il est où ce papier ?

— Je l'ai rendu à monsieur Châle, parce qu'il doit conserver l'autorisation des parents.

Elle s'arrête un instant (depuis deux jours, elle passe son temps à trier des affaires comme s'ils étaient sur le point d'être expulsés de leur appartement). Mathis sent des dizaines d'insectes qui

173

grouillent dans son ventre, il prie pour qu'elle ne les entende pas.

Sa mère a l'air perplexe. Mais il a envisagé toutes les questions.

— Un samedi soir ?

— Ben oui, parce que le collège a réussi à obtenir des places, grâce à un groupe de retraités qui s'est désisté. Monsieur Châle a dit que c'était une grande opportunité, même si les places sont assez loin de la scène.

— Avec toute la classe ?

— Non, seulement ceux de l'option musique.

— Et vous allez écouter quoi ?

— Le Grand Orchestre de Paris. Henry Purcell et Gustav Mahler.

Il a prévu les détails : comment ils vont y aller, comment ils vont rentrer, quels sont les professeurs qui encadrent la sortie. Sa mère est le genre de mère capable de croire qu'ils font des sorties à la Philharmonie le samedi soir.

C'est très facile de mentir. Il éprouve même un certain plaisir à en rajouter. Il prend sa voix de petit garçon bien élevé.

— Madame Destrée devait nous accompagner, mais en fait ce sera un autre professeur, car elle est malade.

Bizarrement, cette précision semble rassurer sa mère et asseoir la véracité de ses propos.

Elle dit qu'elle viendra le chercher là-bas, après le concert, pour qu'il ne rentre pas seul. Il la supplie de ne pas venir, c'est la honte, ça fait bébé, les autres vont se moquer, monsieur Châle a dit qu'il raccompagnerait lui-même les élèves qui habitent près du collège pour ne pas déranger les parents qui ont des soirées prévues.

Elle finit par capituler et il a l'impression qu'elle pense déjà à autre chose, ou bien qu'elle n'a pas la force de pousser plus loin ses investigations. Depuis quelques jours, elle a l'air de quelqu'un qui mène une vie secrète, très agitée et très fatigante.

Un peu plus tard, alors qu'il est sur le point d'éteindre la lumière, elle vient dans sa chambre.

Elle lui pose la question de manière directe, inattendue.

— Dis-moi, Mathis, tu ne me racontes pas d'histoires ?

Il n'a pas une seconde d'hésitation.

— Non, maman, je te le jure.

Théo

Le froid a recouvert la ville d'un papier de soie. Une poudre blanche, d'une incroyable finesse, s'est déposée sur les pelouses de l'esplanade. Les bancs sont vides, le vent a chassé les passants.

Ils se sont retrouvés à vingt heures précises.

Baptiste leur avait demandé de se poster à l'angle de la rue, à quelques mètres de l'entrée du square, devant le panneau de sens interdit.

Ils ont attendu son signal.

Un par un, dans un même mouvement alerte et silencieux, ils sont passés par-dessus les barrières et se sont enfoncés dans les buissons. Une première escale, le temps de vérifier qu'ils n'avaient pas été vus.

Après quelques minutes, ils ont repris leur progression vers le fond du jardin. En file indienne, sur les pas de Baptiste.

Derrière les arbres, un petit espace est resté vacant. Au sol, on peut distinguer les contours de l'ancien bac à sable, aujourd'hui recouvert de terre. Baptiste leur dit de s'asseoir là, en cercle et à distance les uns des autres, pour qu'ils puissent jouer.

Baptiste et ses amis ont apporté plusieurs bouteilles d'Oasis dans lesquelles ils ont mélangé du gin avec des jus de fruits. Moitié, moitié. Il propose une première tournée pour se mettre en train, distribue à chacun un gobelet en plastique.

C'est sucré et fort à la fois. Théo boit le gobelet tout entier, d'un coup, les larmes lui montent aux yeux mais il ne tousse pas.

Il attend que la vague de chaleur se diffuse dans ses épaules et le long de sa colonne vertébrale.

Quentin s'esclaffe, étonné que Théo puisse boire cul sec à son âge.

Baptiste leur donne quelques conseils : à cause du froid, il ne faut pas rester trop longtemps assis. Ils doivent se lever régulièrement et sauter sur place, en tapant des mains, pour se réchauffer.

Théo ne dit rien. Il guette à l'intérieur de lui la sensation de chaleur qui tarde à se manifester, il observe les autres. Mathis est pâle, il a l'air d'avoir peur. Peut-être parce qu'il a menti à sa mère. Hugo est assis à côté de son frère, l'air concentré, il attend ses instructions. Tandis que les grands parlementent sur la suite du programme, Théo se ressert un verre et le boit aussi vite que le premier. Personne ne dit rien.

Baptiste explique maintenant les règles du jeu. À chacun, il posera une question avant de tirer une carte. Par exemple : rouge ou noir ? Pique, trèfle, cœur ou carreau ? Si la réponse est bonne, c'est lui qui boit. Si la réponse est fausse, l'autre boit. Il passe ensuite à la personne suivante et recommence. Et ainsi de suite, dans le sens des aiguilles d'une montre.

Ils acquiescent. Ils se tiennent prêts. Ils ont l'habitude qu'il dirige les opérations.

Un silence recueilli s'installe.

Mais Théo intervient : il aimerait bien poser les questions.

Il n'a pas contesté la supériorité de Baptiste, ni son bon droit, il n'a pas dit « je veux », il a dit « j'aimerais bien ». Il est l'enfant de la séparation des corps et des biens, de la rancœur, des dettes irréparables et de l'alimentaire pension : il connaît les règles de la diplomatie.

Les regards se tournent vers Baptiste qui sourit, l'air amusé.

Quentin ricane.

Baptiste le toise pendant quelques secondes. Il évalue le contrevenant. Aucun signe d'insurrection. Une lubie de petit garçon.

— Toi ? Tu veux poser les questions ? Mais tu te rends compte qu'avec ma règle, si tu es le maître du jeu, tu risques de boire jusqu'à cinq fois plus que les autres ?

— Oui, je sais, j'ai fait le calcul.

— Je vois le genre, t'es bon en maths… Tu crois que tu vas pouvoir encaisser ?

Ils se regardent encore une fois, la moquerie n'est pas loin, mais le défi affleure déjà. Baptiste hésite à le prendre au mot. Théo perçoit tout cela, peu importe ce qu'ils pensent.

Baptiste jette un dernier coup d'œil à ses copains, et puis il dit : ça marche.

Il fait glisser les bouteilles vers Théo. Elles sont de couleurs différentes, orange, verte, jaune, en fonction des boissons avec lesquelles l'alcool est mélangé. Théo les dispose devant lui. Le sucre a coulé à l'extérieur, le plastique est un peu poisseux.

Baptiste termine d'expliquer : Théo doit varier les questions qu'il pose : Figure ou nombre ? Au-dessus ou au-dessous (de la carte tirée précédemment) ? À l'intérieur ou à l'extérieur (de l'intervalle entre les deux dernières cartes) ? À chaque type de questions correspond un nombre de gorgées à boire, pouvant aller jusqu'à quatre.

Quentin et Clément se poussent du coude tandis que Baptiste bat les cartes une dernière fois.

Théo récupère le paquet, pose la première question.

Il perd. Il boit.

Il pose une nouvelle question. Il perd encore. Il boit.

La note stridente commence à s'éloigner.

Il suit les règles du jeu, la vague douce parcourt son échine, tandis que ses membres se ramollissent, soulevés ou portés par une sorte de ouate légère, suave.

Il sait quand il doit boire ou tendre la bouteille.

Les rires ponctuent chaque défi. Mais il sent qu'à l'intérieur de lui, quelque chose – une onde ou un influx – est en train de s'échapper. Il n'a pas peur. Il sent ses muscles se relâcher un par un, jambes, bras, pieds, doigts, même son cœur semble ralentir, et ralentir encore. Tout est fluide. Distendu.

Il voit une immense nappe blanche qui danse et claque dans le vent. Le soleil est revenu. Il croit reconnaître le fil à linge de sa grand-mère, derrière la vieille maison de pierre.

Il entend de nouveau des rires, mais ce ne sont pas les leurs, c'est une note plus haute, de cristal, aiguë et joyeuse.

Mathis

Théo avait posé les deux cartes devant lui, un dix de trèfle et une dame de carreau, faces vers le ciel, il s'est tourné vers Quentin et il a demandé : intérieur ou extérieur ?

La neige s'est mise à danser autour d'eux en minuscules flocons, mais aucun ne semblait pouvoir atteindre le sol. Quentin a fermé les yeux avant de répondre.

— Intérieur.

Théo a retourné la carte qu'il tenait sur sa paume face cachée. Valet de pique.

Théo a pris la bouteille, il a bu les quatre gorgées réglementaires. Et puis il est tombé comme ça, d'un coup, en arrière. Il a heurté la terre dans un bruit sourd.

Ils se sont regardés, Quentin et Clément ont commencé à rire, mais Baptiste a dit : la ferme.

Ils ont allongé ses jambes, le haut de son corps reposait sur le tapis de feuilles, le bas sur la partie en béton. Baptiste lui a donné plusieurs petites claques, il répétait « oh, oh, déconne pas », mais Théo était inerte. Mathis n'avait jamais vu un corps comme ça, aussi désarticulé.

Le silence autour d'eux était irréel : la ville entière semblait avoir obéi à Baptiste et cessé son va-et-vient.

Mathis aurait juré qu'on entendait battre son cœur, un métronome comme celui de monsieur Châle, mesurant une par une des secondes de terreur. L'odeur de terre et de feuilles décomposées le prenait à la gorge.

Ils se sont regardés une nouvelle fois, Hugo n'a pas pu retenir un petit gémissement d'effroi.

Baptiste a ordonné : on se casse.

Il a attrapé son frère par le col, l'a placé en face de lui, bien en face, il lui tenait les épaules avec brutalité. Il l'a fixé droit dans les yeux et il a dit :

— On n'est jamais venus ici, c'est bien d'accord ?

Il s'est tourné vers Mathis et il a répété sur un ton sec :

— On n'était pas là, c'est compris ?

Mathis a fait oui de la tête. Le froid transperçait ses vêtements.

En moins d'une minute, ils ont tout ramassé – les cartes, les cigarettes, les bouteilles – et ils ont disparu.

Mathis reste là, près de son ami, qui a l'air de dormir très profondément. Il s'approche de son visage, il lui semble percevoir son souffle.

Il le secoue plusieurs fois, mais Théo ne répond pas.

Mathis se met à pleurer.

S'il appelle sa mère, il devra lui avouer qu'il n'est pas à la Philharmonie. Il a menti et trahi sa confiance. Elle va devenir folle. Surtout, elle va prévenir les parents de Théo. Et si quelqu'un vient chez son père, Théo lui en voudra toute la vie.

Des données confuses et obscures qu'il ne parvient plus à décrypter tournent à grande vitesse dans sa tête, une avalanche de menaces qu'il ne sait pas hiérarchiser.

Il tremble de tous ses membres, ses dents commencent à s'entrechoquer, comme les jours où il reste trop longtemps dans l'eau à la piscine.

Il est l'heure qu'il rentre. Il doit rentrer.

Il appelle Théo. Encore. Il le secoue, le supplie.

Il essaie une dernière fois, sa voix est devenue presque inaudible.

Il dépose sa doudoune sur le corps étendu.

Puis il sort du square.

Il prend l'avenue de La Motte-Picquet puis la rue de Grenelle, il regarde de nouveau l'heure, il court.

Quelques minutes plus tard, il arrive en bas de son immeuble. Il compose le code d'entrée et pénètre dans le hall. Il attend quelques secondes, le temps de calmer sa respiration. Il met la clé dans la porte et entend aussitôt les pas de sa mère qui l'attendait dans le salon. Elle ouvre les bras pour l'accueillir.

Elle dit : tu es gelé.

Il se blottit contre elle, elle caresse ses cheveux, elle dit : ne t'inquiète pas, tout va s'arranger. Elle ne demande pas comment s'est passé le concert, elle pense sans doute qu'il est trop fatigué et qu'il racontera demain.

Dans sa chambre, Mathis ouvre le placard où sont habituellement rangés ses vêtements.

Il est vide.

Il regarde à l'intérieur plusieurs fois.

Sous les draps, il essaie de fermer les yeux. Mais des images envahissent sa tête, se multiplient et se diffractent, régies par la rotation d'un kaléidoscope invisible. Les couleurs sont de plus en plus vives et soudain les images éclatées se rassemblent pour lui apparaître entières. Parfaitement nettes.

Ce sont les schémas du cours de madame Destrée qui enflent devant ses yeux, même quand il les garde ouverts : un cœur gorgé de sang dont le rythme ralentit, et puis des poumons figés dans la glace, enserrés dans une pellicule de givre, et puis du sang qui coule sur ses mains, bleu.

Il s'est redressé dans le lit, un sanglot muet déchire sa poitrine.

Alors il se souvient que madame Destrée a donné son numéro, le jour de la sortie au Jardin des plantes, et qu'elle a demandé à chaque élève de l'enregistrer.

Hélène

Il était presque minuit quand mon téléphone a sonné. Un numéro que je ne connaissais pas. J'étais sur le point d'éteindre, j'ai hésité avant de répondre, pourtant j'ai pris l'appel.

J'ai entendu une respiration rapide, presque haletante. J'ai failli raccrocher mais il m'a semblé qu'à l'autre bout quelqu'un luttait pour ne pas pleurer. J'ai attendu sans rien dire.

Au bout de quelques secondes, une voix d'enfant. Il appelait en cachette, chaque mot tremblait et menaçait d'exploser en sanglots.

— Bonjour madame, c'est Mathis Guillaume. Je voulais vous dire que Théo a perdu connaissance, au square Santiago-du-Chili. Il est tout seul. Par terre. Tout au fond. Il a bu beaucoup d'alcool.

Je lui ai demandé de répéter les informations importantes. Combien. Depuis combien de temps.

J'ai enfilé un jean, attrapé mon blouson et je suis partie.

Dans le taxi, j'ai appelé les secours. J'ai répété ce que Mathis m'avait dit, mot pour mot.

La voiture s'est arrêtée juste à l'entrée du square. Je me suis précipitée pour enjamber la barrière. Je commençais à m'avancer dans l'obscurité lorsque le chauffeur du taxi m'a interpellée.

— Madame, madame, prenez ça !

Le vent soulevait la couverture de survie, elle semblait produire sa propre lumière.

Je me suis avancée vers Théo.

J'ai dit : je suis là.

Je me suis approchée encore et j'ai répété : je suis là.

D<small>U MÊME AUTEUR</small> :

Jours sans faim, Grasset, 2001 ; J'ai Lu, 2009.
Les Jolis Garçons, Jean-Claude Lattès, 2005 ; Le Livre de Poche, 2010.
Un soir de décembre, Jean-Claude Lattès, 2005 ; Points Seuil, 2007 ; Le Livre de Poche, 2018.
No et moi, Jean-Claude Lattès, 2007 ; Le Livre de Poche, 2009.
Les Heures souterraines, Jean-Claude Lattès, 2009 ; Le Livre de Poche, 2011.
Rien ne s'oppose à la nuit, Jean-Claude Lattès, 2011 ; Le Livre de Poche, 2013.
D'après une histoire vraie, Jean-Claude Lattès, 2015 ; Le Livre de Poche, 2017.
Les Gratitudes, Jean-Claude Lattès, 2019.

Ouvrages collectifs :

« Cœur ouvert », in *Sous le manteau*, nouvelles, Flammarion, 2008.
« Mes jambes coupées », in *Mots pour maux*, nouvelles, Gallimard, 2008.

Le Livre de Poche s'engage pour
l'environnement en réduisant
l'empreinte carbone de ses livres.
Celle de cet exemplaire est de :
150 g éq. CO_2
Rendez-vous sur
www.livredepoche-durable.fr

PAPIER À BASE DE
FIBRES CERTIFIÉES

Composition réalisée par PCA

Achevé d'imprimer en France par
CPI BRODARD & TAUPIN (72200 La Flèche)
en juin 2019
N° d'impression : 3034116
Dépôt légal 1re publication : septembre 2019
LIBRAIRIE GÉNÉRALE FRANÇAISE
21, rue du Montparnasse – 75298 Paris Cedex 06